Angelika Klüssendorf

Aus allen Himmeln

Erzählungen

S. Fischer

Druck und Bindung: Clausen & Bosse, Leck
Printed in Germany
ISBN 3-10-038202-1

Für Carola

Die Großmutter im Kirschbaum

Die junge Frau schloß das Fenster. Sie wollte nicht, daß die Nachbarn den Streit mitbekamen, sie wollte nicht schon wieder auf der Straße schief angeschaut werden, sie wollte so vieles nicht. Auf dem Boden lagen Glasscherben und entkernte Pflaumen in ihrem Saft. Die junge Frau nahm die mit Mischobst gefüllten Einweckgläser vom Küchentisch und versuchte, sie in Sicherheit zu bringen. Sie stellte sie in die Speisekammer, in der es kein Licht gab. Ihr Ehemann lehnte an der Wand und sah ihr scheinbar unbeteiligt zu, wie sie die Gläser vorsichtig einsortierte. Vor Minuten noch hatte es in der Küche wunderbar nach Kompott und Gewürzen gerochen; jetzt roch alles nur noch sauer. Ihr Mann kam auf sie zu und nahm ihr behutsam ein Glas aus der Hand. Er hob es sehr langsam in Schulterhöhe und ließ es dann einfach fallen.

Später saßen sie sich gegenüber. Während sie schluchzte, bemühte er sich, mit einem frisch gebügelten Taschentuch ihre Nase zu putzen. Sie war dreiundzwanzig, und er war sieben Jahre älter. Sie hatten sich am Silvesterabend vor sechs Jahren in einer kleinen Dorfkirche trauen lassen. Diese Art von Streitereien, die oft in wilden Schlägereien endeten, hatte es von Anfang an gegeben.

Aber seit einiger Zeit beteuerten sie sich ihre Liebe nicht mehr, wenn sie sich nach solch einem Spektakel gegenübersaßen.

»Ich hab es satt, endgültig satt«, sagte sie.

»Hör auf zu heulen, hör endlich auf«, sagte er und drückte ihr das Taschentuch auf die Nase.

Sie erhob sich ruckartig und ging an ihm vorbei, während er mit seinem Taschentuch in der Hand sitzen blieb. Er erinnerte sie an irgend etwas, sie wußte nicht an was. Sie nahm Schaufel und Besen und begann die Scherben aufzukehren.

»Ich besorg dir morgen neues Obst«, sagte er und zündete sich eine Zigarette an.

»Ich will hier raus«, sagte sie, ohne aufzuschauen. »Ich will meine eigenen vier Wände. Ich hab diesen Krankenhausmief satt.«

»Es ist nicht meine Mutter«, sagte er, und sie spürte sein Grinsen in ihrem Rücken.

»Und ich hab sie mir nicht ausgesucht«, sagte sie.

Plötzlich kniete er neben ihr, streichelte ihr übers Haar.

»Es wird bald vorbei sein«, sagte er, nahm sie in die Arme und wiegte sie sanft hin und her. »Bald, mein Baby«, und sie hatte das Gefühl, als würde er die Worte für sie singen.

Ich lag im Nebenzimmer und hörte alles durch die Wand, aber ich war zu klein, um die genaue Bedeutung der Worte zu verstehen. Es war Abend, und neben mir ruhte meine Großmutter und stieß die Luft mit tiefen, raschen Atemzügen aus. An der Zimmerdecke verlief das Schattenmuster der Jalousie, und trotz der Dunkelheit sah ich, wie meine Großmutter mich anlächelte. Sie hatte fast noch alle ihre Zähne, darauf war sie stolz. Seitdem ich auf der Welt war, schliefen wir in einem Bett. Die Engel hätten mich direkt zu ihr ins Zimmer gepustet, hatte sie mir immer wieder gesagt, und ich hatte ihr geglaubt. Wir falteten unsere Hände und sprachen das Nachtgebet. Als es im Nebenzimmer lauter wurde, betete meine Großmutter ebenfalls lauter, und als es den großen Krach gab, beendete sie schnell das Gebet und legte ihre Hände über meine Ohren. Ihre Hände waren warm und rochen vertraut nach Glyzerin. Ich hörte nur noch das Rauschen meines eigenen Blutes und schlief ein.

Der Tag brach an, als wäre nichts geschehen. Ein Streifen Tageslicht, das Geräusch der Klospülung, Schritte auf dem Flur, Türenwerfen, unversöhnt aneinandergereihte Buchstaben. Meine Großmutter lag neben mir. Sie hatte die Augen geöffnet und rührte sich nicht. Ich sah zu, wie eine Fliege über ihr Gesicht spazierte, wartete regungslos. Versuchte eine Weile die Luft anzuhalten. Und dann schaffte ich es nicht mehr auf die Toilette.

Ich weiß nicht mehr, wofür ich die erste Ohrfeige bekam: Für die nassen Hosen oder für jene drei Worte, die ich an meine Mutter richtete. Ich sagte: »Oma ist tot«, und genau in diesem Moment entstand die Pfütze auf dem Boden.

Der junge Mann lag auf dem Rücken und dachte an seine Ehefrau. Er ließ heißen Sand durch seine Hände rieseln, und das Meerwasser leckte seine Füße. Er hatte sich vor drei Wochen kurz nach der Beerdigung seiner Schwiegermutter aus dem Staub gemacht, und er hatte es als noble Geste empfunden, so lange zu warten, bis die Alte unter der Erde gewesen war. Sie hatte keinen Pfennig auf dem Sparbuch gehabt, nur den Schmuck und ein Fitzelchen Gold. Der Schmuck hatte ihm die einundzwanzig guten Tage an der Ostsee gebracht – eine Suite im Hotel an der Strandpromenade, die verrücktesten Cocktails und Kontakt zu einer Frau, die sein Talent zu schätzen gewußt hatte. Er stellte sich ihr als Landschaftsmaler vor, er saß stundenlang vor ihr und entwarf Bilder aus Worten, wofür sie ihn zu bewundern schien. Aber dann ging ihm das Geld aus, ihr Interesse ließ nach, und das Feuer in seinen Worten auch. Der junge Mann haßte den Gedanken an die Heimkehr, obwohl er sich den ganzen Vormittag diesen Satz vorbetete: Zeit heimzukehren, sagte er sich, während er mit geschlossenen Augen im Sand lag und das Meer seine Füße umspülte. Er legte sein Gesicht auf den Unterarm, suchte blinzelnd unter den Badegästen nach einem hübschen Geschöpf, und schließlich fiel ihm das Fitzelchen Gold wieder ein. Er hatte das Gold nie gesehen, und vielleicht wurde sein Wert auch vor ihm heruntergespielt, vielleicht war das Fitzelchen ein Fitzel oder gar ein Brocken. Er erhob sich rasch, zu rasch, und ihm wurde schwindelig. Trotzdem versuchte er, seine Schritte schnell durch den erhitzten Sand zu setzen, und fast übermütig wandte er dem Meer den Rücken zu. In seinem Hotelzimmer packte er seine wenigen Sachen zusammen, und ohne sich zu duschen oder zu rasieren, ohne auch nur die Rechnung zu begleichen, verließ er das Hotel durch den Hintereingang.

Das kleine Mädchen saß am Tisch, während seine Mutter im lauten Selbstgespräch über der Küchenanrichte Sellerie und Porree schnippelte. Vielleicht waren ihre Worte auch an das Kind gerichtet, aber eigentlich hörte es sich nicht so an. Das kleine Mädchen saß schon lange am Tisch und versuchte ein Stück Fleisch zu zerkauen. Das Fleisch war zäh und wollte einfach nicht durch die Kehle rutschen. Es kaute und schob das Fleisch mit der Zunge hin und her, hörte dabei das gleichförmige Gemurmel ihrer Mutter, das ab und an durch einen Fluch unterbrochen wurde, hörte sie auf irgendwelche Flittchen schimpfen und stellte sich vor, wie ihre Mutter diese Flittchen mit einer Bürste schruppen und dann in den Topf zu dem Gemüse werfen würde, und natürlich hielt sie diese Flittchen für besonders zähe Fleischbrocken. Irgendwann unterbrach das Mädchen für einen Augenblick die endlose Kauerei und sah sich nach einem geeigneten Versteck für den Klumpen in ihrem Mund um. Auf der Treppe näherten sich Schritte, und ihre Mutter erstarrte; für sie schienen Schritte auf der Treppe um diese Tageszeit nichts Gutes zu bedeuten. Sie beendete ihr Selbstgespräch, setzte sich zu ihrer Tochter an den Tisch, und als die Tür aufging, sah sie nur das Mädchen an. Herein kam ihr Vater, braungebrannt und unrasiert, mit einer Alkoholfahne, die man schon von weitem riechen konnte. Er schien durchaus guter Laune zu sein, und ihre Mutter entkrampfte sich. Er hatte Geschenke mitgebracht, die er hinter dem Rücken versteckt hielt. Dann wirbelte er einen weißen Bademantel durch die Luft, auf dem ihre Mutter sofort den Namen des Hotels entdeckte. Dem Mädchen überreichte er mit einem übertriebenen

Augenzwinkern einen Plastikglobus, dessen Fuß geklebt war. Ihre Mutter hatte sich entschlossen, seine gute Laune auszunutzen: Sie warf den Bademantel auf den Boden, schloß das Fenster und begann ihn zu beschimpfen, nannte ihn Herumtreiber, Zigeuner, Taugenichts, den allerletzten Abschaum. Sie beschimpfte ihn, bis ihr die Worte ausgingen, und es interessierte sie nicht im geringsten, daß das Mädchen dabei war. Als er ihrer Mutter eine Schmerztablette reichte, hatte seine Stimme einen besorgten, fast ärztlichen Ton.

Schon wenig später hatte ihre Mutter ihr bestes Kleid an, und ihre Lippen waren knallrot. Das Mädchen betrachtete den Globus, auf dem einige Länder mit einem Stift schwarz umrandet waren. Inzwischen rauchte ihre Mutter, und der Herumtreiber versuchte sie mit seinem stoppeligen Kinn zu kitzeln. Dann tranken beide Wein und lachten dabei, und irgendwann verließen sie die Wohnung. Das Mädchen ging zum Mülleimer und spuckte den Fleischklumpen aus.

Er hatte den Gedanken gehabt, er könne etwas Großes tun. Er wollte alles anders machen und mit ihr noch einmal den Zauber der ersten Tage erleben. Statt dessen stank er aus dem Maul, und wahrscheinlich roch sogar seine Haut nach dem Alkohol der letzten Wochen. Er hatte es an ihrem Blick gesehen, dem er nicht entkommen konnte. Sie sah ihn so, wie er war und keinen Deut besser, und kein Zauber und kein gar nichts. Einen Augenblick lang versuchte er sich gegen dieses schäbige Bild zu wehren, versuchte ihr zu sagen, daß er ihm nicht mehr entsprach, aber dieser Impuls dauerte nicht länger als die

Vierteldrehung seines Arms, mit der er den Bademantel vor ihr ausbreitete. Dann war er wieder gefangen im Trott, in vorhersehbaren Atemzügen. Woher hätte sie auch wissen sollen, daß er sich einen Bruchteil lang gewünscht hatte, ein anderer zu sein; ein ums andere Mal.

Er zog sie ins Bett, und sie ließ es geschehen. Während er mit einer fremden Gier verschiedene Stellungen mit ihr ausprobierte, dachte sie an noch nie erlebte Liebesnächte; und danach, nebeneinander im Bett, hatte die junge Frau vorgegeben, zufrieden zu sein. Er hatte sie gekitzelt, und zwischen zwei nah ihrem Ohr hingehauchten Küssen hatte er sie nach dem Fitzelchen Gold gefragt. Sie schwieg, und er berichtete von seiner Reise, von seiner Sehnsucht nach ihr und all den Cocktails, die aus den ungewöhnlichsten Mixturen bestanden hätten. Da draußen in der Welt hätte er mit jedem Schluck an sie gedacht. Nun lag er mit geschlossenen Augen neben ihr, und sie wußte, daß er auf eine Antwort wartete. Fast hätte sie auflachen können, wie vorhersehbar er doch war. Ein Schweißtropfen rann seinen Nacken herunter, sie wischte ihn weg, und dann stellte sie ihm eine Frage, nur um an seiner Stimme zu erkennen, wieviel Zeit sie noch hatte. Wie viele Sekunden, Minuten oder Stunden, ehe er grob werden würde. Irgendwann würde sie ihm das Gold zeigen müssen, und er würde nur noch wütender werden. Sie leckte vorsichtig mit der Zunge über das wertvolle Metall in all ihren Backenzähnen; es war wirklich nur ein Fitzelchen gewesen. Und nicht einmal beim Küssen hatte er bemerkt, wie nah er dem Ziel seiner Wünsche gewesen war.

Inzwischen gab ein leises Schnarchen zu erkennen, daß er eingeschlafen war. Sie stand auf, hustete laut, aber er rührte sich nicht. In Windeseile kontrollierte sie seine Jacken- und Hosentaschen; schließlich entdeckte sie in seinem Schuh drei zusammengefaltete Zehnmarkscheine, und sie lächelte bei dem Gedanken, daß ihr Versteck einfach besser war.

Sie fand ihre Mutter ganz hübsch, aber eine richtige Meinung hatte sie nicht dazu. Sie war ihr zu vertraut, und wahrscheinlich wollten alle kleinen Mädchen eine hübsche Mutter haben. Ihre Mutter war blond, blauäugig, von kleiner, weicher Statur, ihre Nase ein wenig groß, aber nicht so, daß es auffiel. Sie zog sich auch gern schön an, und deshalb servierte sie ab und an in einem Café. Von ihrem Lohn kaufte sie sich Kleider, mit denen sie Staat machen konnte, und den ganzen dazugehörigen Klimbim. Natürlich verbarg sie diese Sachen vor ihrem Ehemann, er hätte sofort wieder alles zu Geld gemacht oder für Alkohol eingetauscht. Sie versteckte ihre Schätze in einem schmalen Holzschrank, einer Art Spind, den sie abschließen konnte. Den Schlüssel trug sie immer bei sich. Der Holzschrank sollte den Eindruck erwecken, als wäre er mit Besen, Handfegern, Wischlappen und dergleichen gefüllt, also vollkommen uninteressant für einen Mann, der nie einen Besen in die Hand nahm. Täglich kontrollierte sie das Schloß, und stets war es unbeschädigt. Sie öffnete den Schrank nur, wenn ihr Mann fünfhundert Meter entfernt in seiner Stammkneipe war oder im Nebenzimmer, wo er oft wie im Koma auf dem Boden lag, unfähig, sich vor der Mittagszeit zu rühren.

Jetzt stand sie vor dem Schrank, eine angezündete Zigarette in der Hand und bereit, sich die Freude zu gönnen, all ihre Sachen auf dem Tisch auszubreiten. Das Mädchen saß an der Fensterbank und kritzelte auf ein Blatt Papier. Sie hörte ihre Mutter den Schlüssel umdrehen, dann eine eigenartige Stille. Das Mädchen hob den Blick und sah ihre Mutter nach Luft schnappen, wieder und wieder, ein fassungsloser Fisch. Der Fisch setzte sich an den Tisch, begann zu wimmern und wurde wieder ihre Mutter. Tränen rollten ihr über Wangen und Hals. Dann stand sie auf, nahm das Mädchen bei der Hand und zeigte ihm den leeren Schrank. Ihr Ehemann hatte die Rückwand abgeschraubt und alles ausgeräumt. Sie setzte sich auf den Stuhl, zog das Mädchen auf ihren Schoß, wollte, daß es ihre Arme um sie legte. Das Mädchen entdeckte ein paar zarte Äderchen unter ihren Augen und küßte sie auf ihre nassen Wangen. Es fragte sich, wann dieser Anfall vorüber sei und ihre Mutter sich wieder den Geschäften des Tages zuwenden würde. Es streichelte ihr Gesicht, berührte ihr Haar und sah dabei klar und scharf umrissen die Äste des Kirschbaums vorm Fenster. Jemand hatte ihr gesagt, dieser Kirschbaum wäre ein Wunder, denn ein Kirschbaum hätte mitten in der Stadt einfach nichts zu suchen. Aber sie wußte es besser: Diesen Kirschbaum hatte schon die Mutter ihrer Großmutter gepflanzt, und manchmal saß ihre Großmutter weiß und federleicht in den Ästen und lächelte ihr zu.

Ihre Mutter schob sie von sich und stand auf. Sie ging durch die Küche, auf und ab, und dann blieb sie eine Weile vor dem Schrank stehen. Irgendwann trat sie wütend mit dem Fuß dagegen. Dann stand sie wieder vor ihr und sagte: »Du bist mein Kind«, und es klang, als überraschte sie diese Feststellung.

Das Mädchen sah zu dem Kirschbaum hinüber, doch ihre Großmutter saß auf keinem der Äste.

»Ich hab nicht gewußt«, sagte ihre Mutter, »... daß Liebe so ist.«

Das Mädchen schwieg und versuchte ein Lächeln.

»Was denkst du, wie alt ich bin?« fragte die Mutter.

Das Mädchen wußte die Antwort nicht.

»Bin ich jung oder alt?«

»Du bist jung«, sagte es schnell.

Die Mutter betrachtete sie nachdenklich, dann begann sie in einem Magazin zu blättern und zeigte ihr schließlich das Foto einer Frau. »Wer ist jünger von uns beiden?«

Irgendwie glaubte das Mädchen zu wissen, was ihre Mutter hören wollte, und wies mit dem Finger auf sie.

Aber aus irgendeinem Grund zweifelte die Mutter an ihren Antworten, klappte das Heft zu und warf es auf den Tisch. Sie rauchte mehrere Zigaretten und trank eine halbe Flasche Goldbrand, und immer wieder trat sie gegen den Schrank und fluchte. Dann stand sie vor dem Mädchen, trank langsam den Schnaps, sah sie an und schob den Pullover hoch, über ihre Brüste, und zeigte mit der Flasche auf den Bauch. »Wie findest du meinen Bauch?«

Das Mädchen sah wieder zum Kirschbaum, Wind fuhr durch die Äste, die Blätter säuselten, aber sie konnte nichts verstehen.

Ihre Mutter zuckte ungeduldig die Achseln: »Nun sag schon!«

Der Bauch war fahl und verschwitzt, mit Dellen und Rissen in der Haut. Das Mädchen versuchte mit dem Kopf zu nicken. Nein, es war kein schöner Bauch.

»Faß ihn an«, sagte ihre Mutter. »Faß meinen Bauch an.«

Das Mädchen stand auf und legte die Hand auf das warme, weiche Fleisch und schloß die Augen. Sie roch den säuerlichen Atem ihrer Mutter, die ihre Hand über die des Mädchens gelegt hatte. Das Mädchen blieb bewegungslos vor ihr stehen und spürte ihre Verzweiflung, spürte zum ersten und einzigen Mal ihre ganze Einsamkeit, die Gier nach Leben, einem anderen Leben, von dem ihre Mutter selbst nicht wußte, wie es aussehen sollte.

»Und?« sagte die Mutter. Dieses »und« klang erschöpft, gereizt, und plötzlich verstand das Mädchen das Säuseln und Wispern der Blätter und flüsterte: »Ein toller Bauch.« Das Mädchen löste sich aus ihrer Hand und pochte mit dem Finger, so als würde es morsen, die Buchstaben noch einmal in ihr weiches Fleisch: »Ein toller Bauch.«

»Das reicht«, sagte die Mutter. Das Mädchen atmete jetzt so flach, als wäre ihre Lunge zwischen zwei Buchseiten gepreßt, aber ihr Atem hatte einen Rhythmus; einen Rhythmus wie das Säuseln und Wispern der Blätter im Kirschbaum.

An einem der letzten Wintertage liefen wir in Zweierreihen durch Matsch und Eispfützen. Unter einer blassen Sonne kamen zwanzig kleine Kinder von einem Tagesausflug zurück und marschierten in den Kindergarten.

Nieselregen wehte uns ins Gesicht. Ich lief als letzte neben der Erzieherin, die wortlos mit ihren schweren Stiefeln an meiner Seite stapfte. Aus dem Nieseln wurde ein feiner, stechender Eisregen, meine Schuhe waren schon völlig durchweicht, mir war kalt, und ich hatte Hunger. Vor mir liefen zwei Paar rote Lackschuhe, sie tippelten und tänzelten durch den Schneematsch. Mein Blick blieb an den geflochtenen Zöpfen der Mädchen hängen, ich hörte sie kichern und irgendwelche Lieder vor sich hin trällern. Sie sangen in einer hohen Tonlage, und ich wünschte, sie würden endlich aufhören. Als wir an einer Kreuzung hielten, ging die Erzieherin nach vorn und führte die kleine Kolonne über die Straße. Ich lief schneller, lief ganz nah hinter den Mädchen und versuchte ihnen in die Hacken zu treten. Dann piekste ich den Mädchen in den Rücken und drohte ihnen mit fremder Stimme: »Wenn ich euch allein erwische, reiß ich euch die Zöpfe aus. Ich zerkratze eure Lackschuhe und zermalme alles, was ihr habt.« Dann gab ich grunzende Geräusche von mir, und die Mädchen liefen schreiend nach vorn. Während sie rannten, versuchte ich mich an dem Lied, das ich sie vorher singen gehört hatte. Aber ich bekam die Melodie nicht hin. Irgendwann hielt die Gruppe, und dann stand die Erzieherin vor mir; und ich bemerkte erst jetzt, daß sie sehr groß war, ihre Augen verklebt und von wäßrig blauer Farbe. Die Sonne sah plötzlich aus, als wäre sie mit Packpapier überklebt, und ich schaute in die Sonne hinein, bis mir die Augen schmerzten, und dann roch ich den Flieder. Ich schloß die Augen und atmete den Duft tief ein. Der Frühling schien sich anzukündigen, und ich versuchte ihn mir vorzustellen. Die Mädchen würden statt roter Lackschuhe Sandaletten tragen und die Kirschbäume weiße und rosa Blüten. Die Erzieherin verlangte eine Entschuldigung für mein boshaftes Verhalten, aber ich bekam kein Wort heraus. Abends, im Bett, sagte ich das Gebet auf, das ich immer mit meiner Großmutter vor dem Einschlafen gesprochen hatte. Es war das erste Mal seit ihrem Tod, daß ich es aufsagte. Die Worte hörten sich blechern an, ohne Sinn, und ich suchte vergeblich nach der Melodie in den erstarrten Sätzen.

Ficken

In diesen Sommerferien trug sie das erste Mal ein Kleid. Ihre kleine Schwester im Schlepptau, kam sie die Holzstiege herunter auf den Hof, erst sahen die Mädchen zu ihr, und dann hob Tadek den Kopf. Sogar der Kellner, der die leeren Flaschen rausbrachte, sah zweimal hin. Dabei war nichts Besonderes an ihr, sie trug ein hellblau geblümtes Kleid, wie es Mädchen ihres Alters eben trugen, und ihre dunklen glänzenden Haare waren noch immer raspelkurz. Auch ich sah sie an, obwohl ich mir noch nichts aus Mädchen machte. Sie ging über den Hof, setzte sich auf den im Schatten liegenden Mauersims und ließ die Beine baumeln. Ihre Schwester quengelte, doch sie schien nichts wahrzunehmen außer ihren beiden großen Zehen, die sie aneinander hielt, als müsse sie ihre genaue Größe überprüfen. Tadek löste sich aus unserer Gruppe, schlenderte über den Hof, die Hände in den Hosentaschen, und blieb vor ihr stehen.

»Du bist ja ein Mädchen«, sagte er.

Und diese Feststellung verblüffte nicht nur ihn. Den ganzen Sommer hatten wir diesen mageren Hecht, der immer in kurzen Lederhosen herumlief, für einen Jungen gehalten, einen Jungen, der seine nervende kleine

Schwester mit sich herumschleppen mußte, einen Jungen, der weder unsere Fragen noch die der Mädchen beantwortet hatte und immer auf Abstand zu uns gegangen war. Ein Muttersöhnchen, ein harmloser Schwächling, ein Pimpelchen, Feigling; wir hatten einige nicht sehr schmeichelhafte Umschreibungen für ihn gefunden. Und irgendwann interessierten wir uns nicht mehr für ihn.

Tadek wiederholte seinen Satz, der wie ein Antrag klang, und sie antwortete noch immer nicht. Sie war so alt wie wir, elf oder zwölf Jahre, sie sah nicht gerade hübsch aus, ein mickriges Ding, sie glich einem Hobelspan mit dünnen Beinen und Schorf auf den Knien, einem zu langen Hals, aber sie war eben ein Mädchen.

Sie starrte ihn an, ohne zu blinzeln, und Tadek war es, der zuerst wegschaute. Er spannte die Muskeln seines linken Arms und sah zu uns herüber, dann sah er über die Schulter zu den anderen Mädchen. Einen Augenblick lang war es sehr still. Dann ließ sich das Mädchen von der Mauer herunter, ging wortlos über den Hof und überstieg das kleine hölzerne Tor. Sie lief, die Sonne im Rücken, mit kurzen schnellen Schritten den Weg zwischen den Kreidefelsen und den Schlehenbüschen entlang und sah sich nicht um. Sie sah sich auch nicht um, als ihre Schwester in ein ohrenbetäubendes Geheul ausbrach, und schließlich entschwand sie unseren Blicken. Tadek hielt ein gleichmütiges Gesicht in die Sonne, zuckte mit den Schultern, überstieg ebenfalls das hölzerne Tor und folgte ihr.

Inzwischen war es Mittagszeit, und ein paar von uns wurden zum Essen gerufen, während die anderen runter zum Strand gingen. Zwei Mädchen blieben bei der heulenden Schwester, und für mich war es an der Zeit, eine Runde mit dem Hund zu drehen. Tadek war mein Freund, er kam jedes Jahr im Sommer in unser Nest. Das Nest war ein winziges Städtchen an der Ostseeküste und ein beliebter Ferienort. Tadeks Eltern arbeiteten als Saisonkellner im Hotel Atlantik, dessen großer, von Bäumen umsäumter Hof unser Treffpunkt war. Der hintere Teil des Hofes war überwuchert von Unkraut und Wildblumen, dort stand auch die Abfalltonne der Kneipe mit den faulenden, stinkenden Küchenresten und den Würmern und Maden, ein weißes Gewimmel, in das wir manchmal minutenlang starrten, als wären wir hypnotisiert. In den Ferien blieben wir bis spät in die Nacht hier, wir kannten jede Ritze und alle Geräusche, auch die, die von hinter den Fenstern kamen.

Die Mittagshitze knisterte. Ich nahm meinen halbblinden Dackel und ging mit ihm in die Heide. Ich ließ ihn bei den sandigen Hügeln von der Leine, und er schoß trotz seiner trüben Augen davon und verschwand sofort in einem der Dachs- oder Fuchsbauten. Ich dachte an Tadek und diesen Jungen im Sommerkleid, der nun doch aller Wahrscheinlichkeit nach ein Mädchen war, und ich dachte daran, wie Tadek es schaffte, daß ihm all diese Geschöpfe auf den Leim gingen. Er winkte, und sie kamen, und manchmal mußte er nicht einmal winken, sie kamen einfach so. Ich hörte in der Ferne das Meer, stieg über einen von Weizen und Unkraut überwucherten Schrottberg, und dann sah ich sie. Ungefähr zweihundert Meter von mir entfernt saßen Tadek und das Mädchen im Gras. Ich ging langsam in ihre Richtung und pfiff übertrieben laut nach meinem Dackel. Sie rührten sich nicht, und auch als ich näher kam, steckten ihre Köpfe nicht zusammen. Als ich vor ihnen stand, sah Tadek zu mir hoch, gelangweilt, eine Zigarette in der Hand. Mit einer leichten Kopfbewegung gab er mir zu verstehen, daß ich bei ihnen bleiben sollte. Das Mädchen saß mindestens drei Handbreit von ihm entfernt, und ich sah, daß sie marineblaue Augen hatte, marineblau, so wie das Meer in seinen besten Stunden, und sie lächelte mit einem schiefen Mund genau in die Mitte des Himmels, und ich hätte sie gern geküßt. Ich verfolgte die Rauchringe, die Tadek versuchte. Wir schwiegen inmitten der Sommerhitze, dem Gesurr der Insekten, irgendwann begann das Mädchen den Schorf von seinem Knie zu pulen, und dann kam mein Dackel angerannt.

»Was macht ihr hier eigentlich?" fragte ich, weil ich nichts anderes zu sagen wußte.

»Wir ficken«, sagte Tadek und zwinkerte mir zu.

»Ficken«, wiederholte ich, wobei mich das Zwinkern mehr irritierte als das Wort. Das Mädchen hob nicht einmal den Kopf, und an ihrer Reaktion merkte ich, daß sie mit diesem Wort nicht viel anzufangen wußte.

»Ja, genau das«, sagte Tadek mit übertriebener Begeisterung und blies den Zigarettenrauch in Richtung des Mädchens, das immer noch an seinem Knie pulte, und mein Blick blieb an ihren Füßen hängen, mindestens Schuhgröße vierzig, dachte ich, und dann nickte ich beiden zu, murmelte etwas von unerträglicher Hitze und ging. Ich drehte mich mehrmals um, und ich sah sie stets bewegungslos, nie nah beieinander.

Der Sommer verflog, das Mädchen trug immer Hosen,

und Tadek verschwand mit anderen Mädchen, stets mit einem Zwinkern in meine Richtung. Andere Sommer vergingen, und einmal ging Tadek mit der blonden, bezopften Schwester des Mädchens in die Heide, aber auch das dauerte nur einen Nachmittag. Ab und an hatte ich mit dem Hosenmädchen gesprochen, sie war ziemlich wortkarg, und ich hatte nie mehr das Bedürfnis verspürt, sie zu küssen.

Irgendwann begannen die Sommer ohne Tadek. Wenn ich an dem Hof vorbeikam, spielten dort Kinder, die ich kaum oder gar nicht mehr kannte. Ich war erwachsen geworden, hatte drei Jahre Armeezeit hinter mir, was Tadek ganz und gar nicht gefallen hätte, aber wir hatten uns ohnehin aus den Augen verloren. Ich hatte die Polizeilaufbahn eingeschlagen, war im letzten Jahr meiner Ausbildung und schrieb manchmal als Beisitzer die Protokolle. Und dann, eines Vormittags am dritten Tag des neues Jahres, kam, während ich rauchend auf dem Flur der Polizeiwache meine Pause machte, eine Frau vorbei, die ich zu kennen glaubte. Sie war ziemlich klein, aber mir fielen ihre ungewöhnlich großen Füße auf und ihr merkwürdig luftiger Gang. Später saß ich ihr gegenüber. Ihre Augen, ein intensives Blau, der Name, der mir bekannt vorkam, und dann sah ich wieder in ihre Augen, marineblau, wie das Meer in seinen besten Stunden, und da wußte ich, wer sie war. Meine Vorgesetzte fragte sie, ob es sie stören würde, wenn ein männlicher Mitarbeiter im Raum sei. Sie schüttelte wortlos den Kopf, ohne mich anzusehen. Und dann erkannte ich auch die Stimme wieder, mit der sie ihre Geschichte erzählte, die trostlose Geschichte einer Vergewaltigung in der Silvesternacht. Ich tippte ihre Worte so lautlos wie möglich in die Schreibmaschine. An jenem Abend habe sie nichts getrunken und sei allein nach Hause gegangen. Ein Fremder, mit einem ihr unbekannten Akzent, habe sie nach dem Weg gefragt, und dann sei alles ganz schnell gegangen, an einer Straßenecke unweit ihres Hauses. Sie habe geblutet, und niemand, der ihre Schreie gehört hätte.

Meine Vorgesetzte stellte ihre Fragen routiniert und behutsam, blätterte zwischendurch in den Unterlagen des Arztes, der sie noch in der gleichen Nacht untersucht hatte. Irgendwann war es still im Raum, meine Vorgesetzte sah schweigend an mir vorbei aus dem Fenster, und dann sagte sie: »In den Unterlagen steht, daß Sie betrunken waren in jener Nacht, aber immerhin konnten Sie laufen, und Sie konnten erzählen.«

Die Frau sah mit ihren marineblauen Augen ebenfalls an mir vorbei und erwiderte nichts.

Meine Vorgesetzte zündete sich eine Zigarette an, ohne zu fragen, ob dies genehm sei, las noch einmal in den Papieren und sagte: »Und hier steht, daß Sie nach dieser Nacht immer noch unversehrt waren, völlig unberührt. Ich meine, hier steht, daß Sie Jungfrau sind.«

Die Frau schwieg eine Weile, ehe sie mich sekundenlang mit ihrem Mädchenlächeln überraschte. Schließlich erhob sie sich, betrachtete uns mit einem ernsten Gesicht, nachdenklich, fast milde, und mit einem Achselzucken drehte sie sich um und verließ das Zimmer.

Meine Vorgesetzte klopfte mit den Fingerknöcheln auf den Tisch, streifte mich mit einem kurzen, verständnislosen Blick, dann nahm sie die nächste Akte vom Tisch, blätterte darin.

Ich mußte an Tadek denken, an all die Mädchen, die er mit in die Heide genommen hatte. Ich fühlte noch einmal die Hitze und den Stillstand der Sommer, ich sah ihre Augen vor mir, sah das Meer in seinen besten Stunden, hörte Tadek noch einmal antworten: Wir ficken, ja, wir ficken, und ich bekam Heimweh nach all den kleinen, wahrhaftigen Lügen, nach den Mädchen und den Jungen, nach den Freunden von damals, nach mir.

Alles hat seine Zeit

Es war kurz nach drei, der Bäcker hatte gerade geöffnet, und ich war die erste im Laden. Während ich bezahlte, erblickte ich auf der anderen Straßenseite meinen Vater. Die Hitze knisterte über dem Bürgersteig, es war Hochsommer. Mein Vater trug seinen khakifarbenen Safarianzug, in dem er einem Abenteurer ähnelte; einem Abenteurer, wie er am Samstagnachmittag in den Elite-Lichtspielen über die Leinwand lief. Als ich aus der Tür trat, sah ich, wie er mit einem Jungen aus der 4b zusammenstieß. Der Junge lief weiter, mein Vater bückte sich und hob etwas auf. Er betrachtete den Gegenstand, drehte sich langsam nach allen Seiten und entdeckte mich. Doch sein Blick streifte mich nur flüchtig. Er hob die Hand, winkte mit dem Gegenstand und schrie dem Jungen hinterher. Eine Weile stand er noch unentschieden da, dann rannte er los. Ich drückte das Brot an den Körper und folgte ihm. Er lief ziemlich schnell die Industriestraße hinunter, wedelte dabei wie verrückt mit dem Ding in seiner Hand, beinahe hätte er mich abgehängt. Irgendwann war der Junge verschwunden, jedenfalls konnte ich ihn nicht mehr entdecken, und mein Vater blieb stehen. Die letzten Schritte schleppte ich mich durch die Hitze und wünschte mir, das warme Brot wäre ein vor Kälte dampfender Eisblock. Mein Vater stand vor dem Blumenladen an der Ecke und erwartete mich, er pfiff durch die Zähne, blinzelte mir zu, und ich bemerkte eine kleine braune Geldbörse in seinen Händen. Unter raschen Atemzügen berichtete er, was ich gerade beobachtet hatte. »Genauso war es«, sagte er und wischte sich mit dem Unterarm den Schweiß von der Stirn. Ich wartete darauf, daß er die Geldbörse öffnen würde, und nickte mit dem Kopf. Er sah an mir vorbei und wiederholte, daß alles seine Ordnung gehabt hätte. Ohne Hast öffnete er das Portemonnaie und zählte das Geld. »Zwei Mark dreiundachtzig«, sagte er.

»Hast du in allen Fächern nachgeschaut?« fragte ich.

»Zwei Mark dreiundachtzig«, wiederholte er, »und keinen Pfennig drüber.« Er akzeptierte mein Gesicht, das ihm mein Mißtrauen zeigte, ein Mißtrauen, das mich rot werden ließ.

»Wir müssen das Geld abgeben«, sagte er.

Spätestens jetzt hätte ich ihm sagen können, daß der Junge in meine Nachbarklasse ging. Aber irgendwie hatte ich das Gefühl, den richtigen Zeitpunkt für diese Nachricht verpaßt zu haben.

Die Hitze hämmerte vom Himmel, doch am Horizont zeigten sich endlich die ersten Wolken. Mein Vater ging inzwischen langsam, und ich horchte auf das Geräusch seiner schlurfenden Schritte. Der Pförtner auf dem Polizeirevier wirkte wie erschlagen hinter der Glasscheibe, er nickte nicht einmal zurück, als wir ihn im Vorbeigehen grüßten. Der Warteraum war leer. Mein Vater setzte sich auf eine Bank und schwieg. Ich lief durch den Raum, probierte verschiedene Stühle aus und versuchte, dem kontrollierenden Blick Erich Honeckers zu entwischen, der gekleidet im Einheitsblau der Funktionäre aus dem Bilderrahmen sah. Der Blick war aus jeder Perspektive auf mich gerichtet, und ich konnte ihm nicht entkommen. Ich schnitt ihm Grimassen, darauf bedacht, daß mein Vater es nicht merkte. Schließlich wurden wir aufgerufen, und ein Uniformierter führte uns den Korridor entlang in eines der Zimmer. Der Polizist hinter dem Schreibtisch hob seine unglaublich buschigen Augenbrauen, als er meinen Vater erblickte, und irgendwie hatte ich das Gefühl, daß sie sich kannten. Er bot uns keinen Sitzplatz an. Mein Vater legte die Geldbörse auf den Tisch. »Er ist einfach verschwunden, und ich steh da mit dem Geld«, beendete er seinen Bericht.

»Zwei Mark dreiundachtzig«, wiederholte der Polizist, öffnete die Geldbörse, sah hinein, ohne nachzuzählen. »Keine Scheine?«

Mein Vater atmete pfeifend durch den Mund und schwieg.

»Und der Junge ist weg? Verschwunden, einfach so?«

»Würde ich sonst hier stehen«, sagte mein Vater. Ich kannte diesen Tonfall.

Aus irgendeinem Grund hatte auch der Polizist nicht die beste Laune. Er zog sichtlich genervt Papiere aus dem Schubfach und begann sie auszufüllen. Er fragte meinen Vater nach Alter, Adresse, Beruf und so weiter; bei der Frage nach den Vorstrafen schlug mein Vater mit der Hand auf den Tisch. »Was spielt das für eine Rolle?« fragte er. »Bin ich angeklagt, oder was?«

»Wer weiß?« erwiderte der Polizist und zuckte mit den

Schultern. »Alles hat seine Zeit.« So sehr ich diese Antwort auch hin und her drehte, ich verstand sie nicht. Der Satz kam mir vor wie der Titel eines der Bücher in altdeutscher Schrift, die ich abends heimlich unter der Bettdecke las. Die Bücher hatte mir meine Großmutter vermacht, und zu jeder Geschichte gehörte ein ganzseitiges Farbbild. Auf den Bildern waren glückliche Menschen zu sehen gewesen, lachend, voller Lebensfreude. Mein Vater zündete sich eine Zigarette an, und ich sah, daß seine Hände zitterten. »Soll das ein Witz sein?« sagte er. »Das soll mal einer fassen.«

Er schüttelte den Kopf, trommelte mit den Fingern auf den Tisch. Dann sah er mich an. »Halt dir die Ohren zu«, sagte er. »Halt dir bloß die Ohren zu.«

Ein anderer Polizist kam rein und tätschelte meine Wange. »Kennen wir uns?« fragte er, und ohne eine Antwort abzuwarten, holte er sich ein Buch aus dem Regal und verschwand wieder.

Ein leichter Wind wehte durch das geöffnete Fenster. Asche fiel von der Zigarette meines Vaters und rollte über den Tisch des Polizisten. Und als hätte dieser Windhauch alle ein wenig besänftigt, unterschrieb mein Vater schließlich die Unterlagen. Seine Schrift war beeindruckend. Die Buchstaben sahen aus wie mit einer Feder gezeichnet. Es war die Handschrift eines Kopisten, aber das dachte ich natürlich erst sehr viel später. Nur der letzte Buchstabe seines Namens war ihm verrutscht, und an seinem Daumen blieb ein Tintenfleck zurück.

Der Polizist verabschiedete uns mit einem angedeuteten Lächeln. Auf der Straße war es immer noch heiß, aber dann wurde der Wind heftiger, und es begann zu regnen. Wir stellten uns in einen Hauseingang, und mein Vater sah mißmutig auf das Brot, das ich im Arm hielt. »Warum hast du dir das Brot nicht einwickeln lassen?« sagte er, nahm sich die letzte Zigarette, zündete sie an, die leere Packung warf er zerknüllt in die Ecke. Ich roch an dem Brot. Es war ein großes Mischbrot, und ich traute mich nicht hineinzubeißen. Mein Vater klemmte sich die Zigarette in den Mundwinkel, steckte die Hände in die Hosentaschen und ging los, ohne ein Wort zu sagen. Der Regen war in ein Nieseln übergegangen, ich schob das Brot unter meinen Pulli und trottete hinterher. Er pfiff wütend vor sich hin, und seine Schritte wurden größer.

Mein Vater hatte einen krummen Rücken, wenn er sich aber streckte und gut gelaunt war, erschien er ganz normal gewachsen. »Der krumme Rücken kommt vom vielen Schuften«, sagte er oft, aber das wußte selbst ich besser. Mein Vater war ein Trinker und Geschichtenerzähler, einer, der sagte, seine Schläge wären ehrlich, und manchmal ähnelte er Red Fox, meinem Helden aus den Indianerfilmen. Meine Mutter nannte ihn einen Lügner und Hurenbock, einen Rechthaber, Miesmacher, Hypochonder und einen ewigen Blaumacher. Und manchmal war er eben auch Maler und strich und tapezierte Wohnungen. Aber das kam ziemlich selten vor. Viel lieber malte er mit giftgrüner Tusche Frauen auf Zeichenblätter; nackte Frauen, mit geschlossenen Augen und in allen Posen.

Er lief jetzt sehr schnell, und ich hatte Mühe, ihm zu folgen. Erst vor unserem Haus blieb er stehen und wartete auf mich. Wir stiegen schweigend die Treppen nach oben, doch kaum waren wir in der Wohnung, begann er mir die ganze Geschichte, die wir gerade gemeinsam erlebt hatten, zu erzählen, als wäre ich nicht dabeigewesen. Er nahm eine eigentümlich steife Haltung an und zählte jede Einzelheit auf; zum Schluß lächelte er einem unsichtbaren Publikum zu und posierte, als hätte er soeben eine Medaille angeheftet bekommen. Der Ablauf der Geschichte war der gleiche gewesen, aber irgendwie hatte aus seinem Mund doch alles ganz anders geklungen.

Erst jetzt holte ich das Brot unter meinem Pulli hervor und legte es in den Schrank. Mein Bauch war weiß vom Mehl und roch nach dem frisch gebackenen Brot. Dann ging ich in mein Zimmer und öffnete das Fenster. Wir wohnten im dritten Stockwerk, gegenüber wohnte eine Schulfreundin auf gleicher Höhe. Die Straße war so eng, daß wir ohne Mühe unsere Botschaften entziffern konnten, die wir an die Scheibe klebten. Diesmal war ihr Fenster geschlossen und die Gardinen zugezogen, keine Nachricht wartete auf mich. Ich legte mich aufs Bett, hörte meinem Magen zu, und gleichzeitig hörte ich meinen Vater in der Küche laut fluchen. Er suchte etwas. An Tagen wie diesen begann er immer etwas zu suchen.

Erst vor einer Woche hatte er seinen letzten Suchanfall gehabt, er hatte jede Schublade geöffnet, den Linoleumbelag in der Küche hochgehoben, den Fernseher auseinandergenommen, er hatte die Möbel verrückt, den Mülleimer auf dem Boden ausgeleert, in den Abfällen gewühlt. Dann hatten wir uns gegenübergesessen, er völlig erschöpft, und ich hatte darauf gewartet, daß die Suche ein Ende nahm. Dann waren meine Hände aus purer Langeweile links und rechts in den Sesselritzen verschwunden, hatten sich dort bewegt und schließlich drei zusammengefaltete Zwanzigmarkscheine gefunden. Das Gesicht meines Vaters war ein einziges Strahlen gewesen, als er mir, der großen Zauberin, das Geld abgenommen hatte. Er war dann erst in den frühen Morgenstunden wiedergekommen, unfähig, ein Wort zu sprechen oder sein Bett zu finden.

Ich stand auf und ging in die Küche, wo mein Vater gerade mit einer Taschenlampe hinter den Schrank leuchtete. Dann schob er den Schrank wieder an die Wand und räumte, ohne mich zu beachten, das Fach mit den Gewürzen aus. Er war ein Meister im Verstecken, doch im Suchen und Finden war er ein Trottel. Er fand zwar immer etwas, aber es schien nie das zu sein, was er gesucht hatte. Nie hatte er sich merken können, wo er Geldscheine, Münzen oder die Schmuckstücke aus den sogenannten besseren Zeiten versteckt hatte; er versteckte die Sachen einfach zu gut. Wir lebten eindeutig in keiner besseren Zeit und hätten einen kleinen Glücksgriff dringend nötig gehabt. Ich hatte die letzte Mark für das Brot ausgegeben, wir hatten weder Butter noch Wurst, die Zuckertüte war leer, es befand sich keine einzige Pfandflasche mehr in unserem Besitz. Ich ging in mein Zimmer, und während ich versuchte, Hausaufgaben zu machen, dachte ich an den Herbst, an Äpfel und Birnen, die dann in den Kleingartenanlagen wachsen würden.

Plötzlich stand mein Vater im Zimmer; ich hatte ihn nicht hereinkommen hören. Sein Haar war viel zu lang, es mußte geschnitten werden, das sah ich erst jetzt, als er vor mir stand. Er ging an mir vorbei und schloß das Fenster. »Verdammte Hitze«, sagte er, und dann: »Was für ein Scheißsommer.« Er öffnete seine linke Hand. »Du könntest dir ein Eis verdienen.« In seiner Hand lag ein Ring.

»Der ist aus Gold«, sagte er und hielt ihn hoch. Der Ring hatte einen blauen Stein und war sogar für meinen Daumen zu groß.

»Ich will, daß du in den Konsum gehst und ihn eintauschst.« Er zeigte seine tabakgelben Zähne beim Lächeln. »Laß dir zwei Flaschen Goldbrand geben, Zigaretten und Eis.«

Ich spürte meine Knie weich werden.

Bisher war mein Vater mit seinen Schmuckstücken entweder ins Leihhaus gegangen, oder er hatte sie in der Kneipe versetzt.

»Der ist echt und sehr viel mehr wert«, sagte er.

»Woher hast du ihn?« fragte ich.

»Ich hab ihn, nur das zählt, kapiert?« Er seufzte und sah mich an, als wäre ich bescheuert.

»Und wenn sie mich fragen, woher ich ihn hab?« In meinen Ohren pulsierte es.

»Das geht die überhaupt nichts an.« Er überlegte kurz. »Die sollen froh sein, wenn sie ihn kriegen, der ist viel mehr wert.« Aus seiner Nase ragte ein langes dunkles Haar. Er sah mich an und sagte: »Tausendmal mehr, verstehst du?«

»Aber die werden mir keinen Alkohol geben«, sagte ich.

»Du gehst sofort«, sagte er. »Goldbrand und Zigaretten.«

Er folgte mir an die Tür. »Laß dir zwei große Flaschen geben.«

Es hätte ein schöner Nachmittag werden können. Das Freibad hatte noch offen, die Kinder versammelten sich gerade auf dem Spielplatz, aber ich marschierte die Industriestraße hoch und wieder hinunter, und immer am Konsum vorbei. Zweimal ging ich hinein und gleich wieder hinaus, aber schließlich betrat ich den Laden. Ein bärtiger Mann stand an der Kasse und bezahlte. Eine blonde Verkäuferin sortierte Bierflaschen in die Regale. Sie hatte kräftige Oberarme, ihr weißer Kittel war schmutzig, und sie summte vor sich hin. Als der Mann das Geschäft verließ, stand die Kassiererin auf und stellte sich neben mich. Sie war schwarzhaarig, trug eine dunkle große Brille, die aussah wie eine Männerbrille; sie hatte mich schon mal beim Klauen erwischt. Ich hatte sieben Schachteln Henry-Malzbonbons in meiner Tasche versteckt. Die Kassiererin hatte mich nach dem Namen meiner Schule gefragt und wie meine Klassenlehrerin hieße; am nächsten Tag wurde ich ins Direktorenzimmer gerufen. Seitdem hatte ich den Konsum gemieden, ich ging nur rein, wenn ich wußte, daß sie nicht da war. Ich nahm eine Mehltüte aus dem Regal und tat so, als würde ich lesen, was auf der Tüte stand. Sie blieb neben mir stehen und sagte kein Wort. Irgendwann kam ein neuer Kunde, und sie setzte sich wieder an die Kasse. Ich beobachtete, wie die Blonde zwei Kartons umklammert hielt und diese dann in ein Regal abstellte und auspackte. Die Schwarzhaarige saß an der Kasse, und ich hätte die Flaschen in dieser Sekunde einfach mitnehmen können. Ich besah mir noch einmal den Ring in meiner Hand und dachte an die Worte meines Vaters. Dann wartete ich, bis ich wieder allein mit den beiden Verkäuferinnen im Laden war, entschied mich für die Blonde und ging auf sie zu. Ich weiß nicht mehr, was ich zu ihr sagte. Auf jeden Fall unterbrach sie ihre Arbeit und sah verständnislos auf den Ring in meiner Hand. Wahrscheinlich dachte sie, ich hätte den Ring in ihrem Laden gefunden.

»Ich will ihn eintauschen«, sagte ich, und ich sagte es ziemlich leise, damit sie eine Chance hatte, sich für das Geschäft zu entscheiden, ohne die Schwarzhaarige informieren zu müssen.

Sie fuhr sich mit dem Handrücken über das Gesicht, nahm den Ring und besah ihn sich genauer. »Du willst was?«

»Er ist sehr viel wert«, sagte ich, »sehr, sehr viel.«

»Wo hast du ihn her?« fragte sie mit plötzlich ernstem Gesicht, schüttelte nachdenklich den Kopf, behielt den Ring in der Hand.

»Zwei Flaschen Goldbrand und Zigaretten«, sagte ich und dachte keine Sekunde an das Eis.

»Du bist noch nicht sechzehn«, sagte sie. »Du darfst keinen Alkohol kaufen.«

»Bitte«, sagte ich. »Bitte, meinem Vater geht es nicht gut.«

Sie sah mich an, und dann rief sie ihre Kollegin. Ihre Stimme klang laut und kräftig, kräftig wie ihre Oberarme, wie alles an ihr. Ich hätte es wissen müssen. Die Kassiererin kam sofort. Die Blonde reichte ihr den Ring: »Den hat er gestohlen.«

Am meisten ärgerte ich mich über das »er«, es hielten

mich zwar auch sonst alle für einen Jungen, aber sie hätte mich wenigstens fragen können.

Die Schwarzhaarige wog den Ring in ihrer Hand. »Ganz schön schwer«, sagte sie, sah die Blonde an, dann wieder mich. »Also, wo hast du den Ring her?«

»Von meinem Vater«, sagte ich und fühlte mich mit einem Mal müde.

Sie warf der Blonden einen Blick zu, den ich nicht zu deuten wußte, und ließ ein kurzes Lächeln sehen. »Du wartest hier«, sagte sie dann zu mir, behielt den Ring in der Hand und verschwand mit der Blonden flüsternd hinter einem Vorhang.

Ich sah mich im Laden um, nicht sicher, ob es gut oder schlecht gelaufen war. Ich hätte alles mögliche einstecken können, sogar die Kasse war unbeaufsichtigt, aber ich schlich mich nach hinten, um zu lauschen. Als ich nah genug am Vorhang war, kam die Blonde heraus und fragte mich nach meinem Namen und der Adresse. Ich antwortete nicht, und sie nahm mich am Arm und ging mit mir nach vorn. »Der Ring sieht wirklich wertvoll aus.« Ihre Stimme klang jetzt angenehmer, und ich hatte das Gefühl, daß die Sache vielleicht doch nicht so schlecht gelaufen war. Dann fragte sie mich nach meiner Mutter, und ich sagte, sie sei ausgewandert, einfach abgehauen, aber mein Vater und ich, wir seien dageblieben. Eigentlich hätte ich der Blonden gern mehr über meine Mutter erzählt, aber wo hätte ich anfangen sollen?

Eine Frau betrat den Laden und musterte uns neugierig. Dann kam die Schwarzhaarige von hinten und setzte sich an die Kasse. Ich sah die Blonde fragend an, doch die war plötzlich nur noch an den Regalen interessiert, sie wischte den Staub aus den Ecken, von den Bierflaschen, sogar von den Mehltüten. Sie hatte große Hände, kräftig und mit blauen Adern; größer und kräftiger als die Hände meines Vaters. Als die Tür aufging und der Uniformierte hereinkam, begriff ich sofort. Es war der Polizist mit den buschigen Augenbrauen, dem mein Vater noch vor ein paar Stunden die zwei Mark dreiundachtzig auf den Tisch gelegt hatte. Er betrachtete mich, als hätte er mich noch nie gesehen. Während die Schwarzhaarige berichtete, wippte er mit dem Fuß und sah sich im Raum um. Erst als die Blonde ihre Version zum besten gab, hörte er aufmerksamer zu, musterte ihre Oberarme und die Brüste unter dem schmutzigweißen Kittel. Er nahm ihr den Ring aus der Hand, berührte wie zufällig ihren Arm und fragte nach meiner Adresse. Als wir den Laden verließen, saß die Schwarzhaarige an der Kasse, und die blonde Verkäuferin winkte uns hinterher. Ich war nicht sicher, wem ihr Winken galt.

»Du erinnerst mich an was«, sagte der Polizist. Wind fuhr durch die Straßen, und der Himmel sah regnerisch und finster aus. Ich war müde und hungrig, ich wollte nach Hause und hoffte, daß mein Vater nicht die ganze Rinde vom Brotkanten abgebissen hatte. Der Polizist hielt mir die Haustür auf und ließ mich, während ich zwei Stufen auf einmal nahm, nicht aus den Augen. Mein Vater öffnete beim ersten Klingeln, als hätte er hinter der Tür gestanden und auf mich gewartet. Er schien gar nicht erstaunt, den Polizisten zu sehen, und während er mit ihm sprach, dachte ich, daß sein khakifarbener Anzug viel zu groß für ihn war. Oder war mein Vater einfach zu klein, zu klein für jede Art von Anzug? Welche Geschichte würde er mir erzählen, wenn der Polizist verschwunden war?

Auch meine Geschichte war in Wirklichkeit eine ganz andere. Ich war gleich mit dem Ring zu der schwarzhaarigen Verkäuferin gegangen und hatte meinen Spruch aufgesagt. Dann gab ich ihr den Ring. Sie wog ihn in ihrer Hand, betrachtete ihn kurz und prüfend und ließ ihn in ihrer Kittelschürze verschwinden. Sie gab mir zwei Flaschen Goldbrand und Zigaretten. Leider hatte ich das Eis nicht erwähnt. Vor unserem Haus wartete ich eine Weile, bis sich mein Herzschlag beruhigt hatte. Dann nahm ich zwei Stufen auf einmal, und mein Vater öffnete beim ersten Klingeln, als hätte er hinter der Tür gestanden und auf mich gewartet.

Samstag, zwanzig vor zwölf

Jedesmal wenn sie von dem Franzosen nach Hause kommt, hat sie Appetit auf Leberwurst. Sie ist gerade zur Tür reingekommen, streift die Schuhe von den Füßen, wird um zwölf, dreizehn Zentimeter kleiner. Dann legt sie die Armbänder und Halsketten ab, und das kleine Mädchen sieht ihr dabei zu. Sie haben noch kein Wort miteinander gesprochen.

Die junge Frau sieht auf die Uhr und lächelt, und es ist kein gutes Lächeln. Sie geht in die Küche, und das Mädchen folgt ihr. Es ist ein grauer Oktobertag, es wird nicht richtig hell, und die Deckenlampe schafft es auch nicht. Sie verdünnt sich Kirschsirup mit Wasser und trinkt das Glas in einem Zug aus, wischt sich den Mund ab und schmiert sich dabei Lippenstift an die Hand. Es ist Samstag, zwanzig vor zwölf.

»Du mußt noch einkaufen gehen«, sagt sie zu dem Mädchen, ohne es anzusehen. Die Frau, die auch die Mutter des Mädchens ist, ist zwei Tage und zwei Nächte nicht in der Wohnung gewesen. Sie hat diese Zeit mit dem Franzosen und dessen Freunden verbracht, hat in weichen Sesseln gesessen, gefeiert, getanzt unter Kristallleuchtern; der Franzose ist seit dem vorletzten Sommer ihr Liebhaber. Jetzt fährt sie sich mit beiden Händen durchs Haar und starrt, ihren Erinnerungen nachhängend, aus dem Fenster. Das Mädchen steht in der Mitte der Küche und folgt ihrem Blick. Es ist ein Fenster zum Hof, im ersten Stock, die Äste eines Kirschbaums sind zu sehen. Der Himmel hinter dem Kirschbaum ist ein Stück weit aufgerissen, und für einen Augenblick sieht es so aus, als habe der Himmel eine Öffnung. Der Wasserhahn über der Spüle tropft. Der dunkle Fleck an der Wand ähnelt einer Landkarte, allerdings kennen nur Eingeweihte die Ortschaften darauf. Der Fleck besteht aus Resten von alter Leberwurst und ist mindestens drei Jahreszeiten alt. Das Mädchen tut so, als würde es seine Mutter anschauen. In Wirklichkeit wartet es, wartet mit dem Gefühl einer sich nähernden Bedrohung und blickt nirgendwohin.

Die Mutter setzt sich an den Küchentisch, und es sieht so aus, als würde sie nachdenken, schwer zu sagen, worüber, wenn sie denn überhaupt denkt, denn wer kann schon sagen, wo das Denken anfängt und wo es aufhört. Vielleicht ruft sie nur innerlich Befehle ab, als wäre da eine Schultafel in ihrem Kopf, aus ihrer Kinderzeit. »Bring mir Zettel und Bleistift«, liest sie gerade die mit Kreide geschriebenen Worte von der Tafel ab. Das Mädchen gehorcht und bringt seiner Mutter das Gewünschte. Inzwischen hat diese den Kopf auf den Tisch gelegt und hängt den zwei letzten Nächten nach und einem Kuß. Die Kristalleuchter hatte sie gegen ein blasses orangefarbenes Licht eingetauscht, in einer engen Bar, und beim Abschied hatte ein Unbekannter, dessen Gesicht ihr längst wieder entschwunden ist, ihre Stirn geküßt, so zart, so überaus eigen. Sie hebt den Kopf und weist das Mädchen an, ihre Zigaretten aus dem Flur zu holen. Als das Mädchen die Handtasche danach durchsucht, hat es einen winzigen Funken Hoffnung. Es weiß nicht genau worauf, aber das Gefühl ist da. Gleichzeitig hört das Mädchen draußen einen Düsenjäger vorbeifliegen und denkt, daß es noch nie einen Krieg erlebt hat. Es reicht der Mutter die geöffnete Schachtel, bleibt vor ihr stehen und sieht sie an. Es kann nicht aufhören, sie anzusehen. Ihre Mutter greift sich eine Zigarette aus der Packung, entzündet sie und zieht den Rauch tief in die Lunge. Dann sieht sie auf die Uhr und lächelt, sieht lächelnd das Mädchen an und sagt: »Es wird höchste Zeit, daß du losgehst.« Das Mädchen weiß, daß es unglaublich viele Möglichkeiten gibt zu lächeln. Es bleibt neben dem Küchentisch stehen, ohne sich zu rühren. Für einen Augenblick meint es Tränen auf dem Gesicht der Mutter zu sehen, aber es ist sich nicht sicher. Schließlich nimmt ihre Mutter die Perücke vom Kopf und legt sie mit den Haarklemmen auf den Tisch. Sie dreht sich zu dem Mädchen und sagt: »Kraul mich, kraul mich noch ein wenig.« Dann gibt sie ihr mit einer ungeduldigen Handbewegung zu verstehen, daß sie anfangen soll, jetzt, sofort.

Ein Windstoß jault draußen vorm Fenster auf, wirbelt Blätter durch die Luft. Das Mädchen stellt sich hinter den Stuhl und beginnt, mit den Fingerspitzen die Kopfhaut zu massieren. Die Haare unter ihren Händen sind hellbraun, an den Ansätzen dunkler, und sie fühlen sich ungewaschen und strohig an. Die Haare der Perücke hingegen sind blond und lockig. Während das Mädchen die dünne Haut über dem Schädel bearbeitet, verfolgt es den Sekundenzeiger auf der Armbanduhr ihrer Mutter. Nach einer Weile schüttelt diese unwillig den Kopf und zieht sich im Sitzen Bluse und Hemd aus. Dann legt sie den Kopf auf die Hände und sagt: »Nun kraul mir den Rücken.« Ihre Stimme klingt leise, als würde sie versickern. »Es ist Samstag«, sagt das Mädchen, »die Geschäfte schließen eher.«

»Nun mach schon«, erwidert die Mutter und klopft mit den Fingern auf die Tischplatte. Das Mädchen streichelt den Rücken und ist sich sicher, daß das Fleisch unter ihren Händen tot ist. Aber sie traut auch dem toten Fleisch nicht. Der Wind draußen jault abermals auf, rüttelt an dem Fensterrahmen, und das Mädchen sieht die durchgeschüttelten Äste des Kirschbaums vorm Fenster und versucht, den Abstand zwischen Fensterbrett und Baum zu schätzen.

»Komm nach vorn, der Bauch ist dran«, flüstert ihre Mutter unvermittelt, und am Ende des Satzes ist ein kleiner zufriedener Seufzer zu hören. Ehe das Mädchen in die Hocke geht, versucht es einen Blick auf die Armbanduhr zu erhaschen, aber genau auf dieser Stelle des Handgelenks liegt jetzt der Kopf der Mutter. Es hockt vor dem Bauch und streichelt die feucht glänzende Haut, es riecht den Atem der Frau, die Ausdünstungen ihres Körpers, kalten Zigarettenrauch im Stoff. Die Rockknöpfe sind geöffnet, und ein Teil des Schlüpfers ist zu sehen, goldene Sterne auf silbernem Grund. Das Mädchen beginnt, die Sterne zu zählen, aber dann sieht es einen Fleck auf dem Boden und versucht ihn mit der Fußspitze wegzureiben. Schließlich hört es die Mutter mit den Händen auf den Tisch klopfen und kommt hoch.

»Du kannst mich jetzt kratzen«, sagt die Mutter, hebt kurz ihren Kopf, sieht erst auf die Uhr und dann ihr Kind an. Das Mädchen beginnt den Rücken zu kratzen und spürt dabei die Hautschuppen unter ihren Fingernägeln.

»Wasch dir die Hände«, sagt die Mutter, und das Mädchen späht auf die Uhr und sagt: »Aber es ist schon ziemlich spät.«

»Ich weiß, daß heute Samstag ist«, sagt ihre Mutter und streift sich das Hemd über, nimmt einen Bleistift und schreibt ihren ersten Wunsch auf einen Zettel. Das Mädchen steht in der Toilette vor dem Waschbecken. Es stellt sich auf Zehenspitzen, um in den Spiegel zu sehen, vergebens. Es lächelt hoch in Richtung des Spiegels, irgendwo wird das Lächeln schon landen, denkt es. Als es in die Küche kommt, gibt ihr die Mutter den beschriebenen Zettel. »Ich will feine Leberwurst«, sagt sie. »Und bring mir ja nicht die Grobe.« Dann sieht sie wieder auf die Uhr. »Es ist wirklich schon spät, Darling«, sagt sie und schüttelt die Uhr, hält sie sich ans Ohr und sieht dem Mädchen in die Augen. »Die haben bestimmt schon alles abgeräumt und sind beim Saubermachen.«

Das Mädchen steckt Zettel und Geld in die Schürzentasche, zieht eine Jacke an.

»Beeil dich und bring mir ja nicht die Grobe«, sagt ihre Mutter noch einmal und nimmt dann erst den Blick von dem Mädchen. Als die Tür ins Schloß fällt, ist sie mit ihren Gedanken längst woanders. Sie steht vor dem Spiegel und betrachtet ihre Stirn, als ob sie da den Kuß entdecken könnte oder irgend etwas, von dem sie nichts weiß. Fünfundzwanzig Jahre sind schließlich nicht viel, aber andererseits sind fünfundzwanzig Jahre auch nicht gar nichts. Immerhin hat sie ein Kind, obwohl sie sich selbst manchmal noch wie ein Kind vorkommt, ein unzufriedenes, sehnsüchtiges, ein böses Kind.

Das Mädchen springt die Treppe hinunter, nimmt drei bis vier Stufen auf einmal. Und auf der Straße läuft es mit dem Wind um die Wette. Es weiß, daß das überhaupt nichts bringt, aber es läuft dennoch so, als ob es etwas bringen würde. Das ist ein Spiel, das es oft spielt. Die Fleischerei liegt an der nächsten Straßenecke, und natürlich ist sie wie jeden Samstag um diese Zeit längst geschlossen. Die Jalousien sind heruntergelassen, hinter der Tür ist es still. Die Fleischerei schließt samstags pünktlich um zwölf Uhr, und die Verkäuferinnen beginnen schon vorher mit dem Abräumen der Ware und dem Saubermachen. Was verständlich ist, denkt das Mädchen, schließlich beginnt das Wochenende, und die Leute wollen nach Hause zu ihren Familien. Die Straßen sind eine halbe Stunde nach Ladenschluß leer, es ist ganz anders als kurz vor zwölf, wenn die Menschen noch einmal auf die Straße eilen, weil sie vergessen haben, Brot oder Milch einzukaufen.

Hinter dem Schaufenster liegen tote Fliegen. Das Mädchen fragt sich, wie lange die schon da liegen, wie lange eine Fliege wohl überhaupt braucht, um sich in Staub aufzulösen. Die grüne Jalousie bewegt sich unmerklich über den toten Fliegen, als gäbe es noch irgendwo einen Luftzug im Raum. Das Mädchen weiß, daß niemand mehr da drinnen ist. Aber es steht draußen und kann sich die toten Fliegen ansehen, und wenn es wollte, auch ihr Spiegelbild. Es hat jetzt sehr viel Zeit und beginnt, vorsichtig über die Bordsteinkanten zu balancieren.

Yvette Intim

»Ja, das ist meine Tochter.« So hatte ich sie das noch nie sagen gehört, Stolz hatte in ihrer Stimme mitgeklungen, sie hatte ihre Stirn ein paar Zehntelsekunden in Falten gelegt und mich angesehen, als würde sie mich lieben.

Dann verabschiedete sie sich mit einem knappen Kopfnicken in Richtung des Polizisten. Auf der Straße nahm sie meine Hand, und ich weiß noch, wie ich mein Gesicht übermütig in die Frühlingsluft hielt, eine Frühlingsluft, die aus Abgasen, Rauch und einem feinen Aschenebel bestand, aus dem Duft des Flieders, dem Geruch feuchter Häuserwände und der Wärme der Sonne darauf. Wind blies meiner Mutter den blonden ausgebleichten Pony aus der Stirn, und ich spürte, wie sie mich ansah. Ich erwiderte ihren Blick, sah sie an, als würde ich ein Bündnis besiegeln, und dann sagte sie: »Erzähle, erzähl mir alles.«

Ich versuchte die Geschichte so zu erzählen, daß sie ihr gefiel, denn auf irgendeine mir unverständliche Weise schien es ihr Eindruck gemacht zu haben, daß ich in der Kaufhalle gestohlen hatte. Daß sie mich erwischt hatten, gefiel ihr weniger, und ich verschwieg ihr auch, daß ich mir in die Hosen gepißt hatte, als der grauhaarige Verkäufer mich gebeten hatte, mit nach hinten zu kommen. Er hatte mich leise und höflich angesprochen, ganz selbstverständlich, als wäre dies eine alltägliche Bitte. Als er die Tür hinter sich geschlossen hatte, wurde seine Stimme strenger, und er verfluchte meine zwölf Jahre, mit denen ich noch nicht haftbar gemacht werden konnte. Er stand vor mir, mit einem staubigen Lächeln im Mundwinkel, und sagte: »Solche wie dich hätten wir früher vergast.«

Während ich neben meiner Mutter lief, erzählte ich etwas von einem fairen Verhör und erwog Möglichkeiten, mich beim nächsten Mal geschickter anzustellen; niemand würde mich je wieder erwischen. Ich hatte mich unter ihrem Blick halb betrunken geredet, ich wollte es ausnutzen, daß sie mir zuhörte. Ich erzählte ihr, wie ich die gestohlenen Sachen auf einen Tisch ordnen mußte und daß ich, während der Verkäufer aus dem Raum gegangen war, das meiste hinter einem Schrank verschwinden ließ.

Meine Mutter nickte zustimmend. Ich verschwieg, daß ich die Flasche »Yvette Intim«, eine ölige Reinigungslotion für den Intimbereich, geöffnet und versucht hatte, davon zu trinken. Ich wollte mit Blaulicht ins Krankenhaus gefahren werden, um so einer Strafe zu entgehen. Aber die Flüssigkeit hatte derartig scheußlich geschmeckt, daß ich nicht mehr als einen kleinen Schluck hinunterbekommen hatte.

»Ich könnte was zu trinken brauchen«, sagte meine Mutter. Ich glaubte, mich verhört zu haben; ich konnte mich nicht erinnern, je mit ihr in einem Café gewesen zu sein. Sie ließ mich los, schirmte mit der Hand die Augen ab, als blendete sie die Sonne, dann hielt sie mir die Tür auf, und wir betraten das Café. Sie bestellte einen Kakao mit Sahnehäubchen für mich und entschied sich selbst für einen Kaffee komplett. »Seit wann lebst du so abenteuerlich?« fragte sie, als wäre ich eine Fremde. Dann blickte sie über mich hinweg aus dem Fenster, ich glaube, sie erwartete nicht wirklich eine Antwort darauf. Ich trank meinen Kakao, und in Gedanken sah ich, wie der grauhaarige Verkäufer mir die Flasche mit der Reinigungslotion aus der Hand nahm und in einen Lachanfall ausbrach. Er rief die anderen Mitarbeiter nach hinten und erzählte ihnen unter heftigen Gelächter, wie ich, die kleine Schlampe, mich von innen reinigen wollte.

Meine Mutter rührte im Kaffee, und ich wünschte mir, sie würde meine Hand berühren oder mir sagen, wie ähnlich ich ihr sehen würde, doch im gleichen Augenblick durchfuhr mich eine Ahnung wie ein böser Blitz. Um ihren Verhörmethoden zuvorzukommen, log ich ihr mit sanfter Stimme ins Gesicht. »Dich habe ich nie bestohlen«, sagte ich, aber ich hätte genauso gut das Gegenteil behaupten können, sie hatte mir nicht zugehört.

Statt dessen lächelte sie gedankenverloren, und dann erzählte sie, daß ihr immer der Mut gefehlt hatte, lange Finger zu machen, aber in ihren Träumen sähe es ganz anders aus. Schließlich betrachtete sie mich mit einem Lächeln, und ich erzählte ihr, daß für mich Stehlen eine Art Sport sei, denn oft hätte ich mit der Beute gar nichts anfangen können. Ich wünschte mir, ich dürfte ewig so mit ihr dasitzen, aber sie legte, ohne den Kellner zu rufen, einen Geldschein auf den Tisch und sagte: »Laß uns gehen, es gibt einiges zu besprechen.«

Auf der Straße hatte ich Mühe, ihr zu folgen, sie hielt ihre Handtasche mit einer Hand an den Pullover gepreßt und lief mit kleinen eiligen Schritten. Sie hatte sehr viel Rouge aufgelegt, trug schwarze Lackschuhe, einen hellen Mantel mit großem Revers, sie sah aus wie eine Frau von fünfzig Jahren. »Du mußt diese Gabe von deinem Vater haben«, sagte sie und wandte sich zu mir um.

»Ich weiß es nicht«, sagte ich, ohne zu lügen, ohne dem Spott in ihren Augen auszuweichen. Sie haßte meinen Vater, aber vielleicht haßte sie nicht alles an ihm. Immer wenn sie wütend auf mich war, hob sie seine schlechte Haltung, seine schlechte Haut und seinen unendlich schlechten Charakter hervor, und ich bemühte mich, gerade zu gehen, ihm so unähnlich wie möglich zu sein. Aber diesmal war es anders, diese Gabe, wie sie es nannte, hatte uns einander näher gebracht, und zum ersten Mal schämte ich mich nicht dafür, den Namen meines Vaters zu tragen. Inzwischen war es später Nachmittag, wir gingen auf dem Bürgersteig zwischen den heimwärts strebenden Menschen mit ihren Feierabendgesichtern, und ich hatte das Gefühl, weder zu ihnen noch zu meiner Mutter zu gehören.

»Du mußt mir all deine Tricks verraten«, sagte sie und blieb vor dem Fenster eines Juwelierladens stehen, in dem massig funkelndes Zeug herumlag. Sie lächelte mich kurz von der Seite her an, und ich war mir sicher, daß sie mich überschätzte. Sie blickte lange durch die Fensterscheibe, und zwischen zwei Atemzügen sah es so aus, als wolle sie diese einschlagen, aber dann gingen wir weiter, und sie fragte mir noch eine Menge Löcher in den Bauch; ob ich noch andere Langfinger kennen würde, was ich mit dem Diebesgut bisher gemacht und ob ich auch schon in dem neuen Kaufhaus geklaut hätte. Zu Hause angekommen, ging sie gleich in die Küche, und ich hörte sie Wasser aufsetzen, Geschirr aus dem Schrank nehmen, alles Dinge, die eigentlich in meinen Aufgabenbereich gehörten. Ich rührte mich nicht, wußte nicht, was tun, sollte ich mich in mein Zimmer verkrümeln, den Fußboden fegen, ein Buch in die Hand nehmen? Für einen Augenblick malte ich mir ein neues Leben aus, ein Leben nicht von Wut und Haß diktiert, ein Leben, in dem ich von meiner Mutter mit einem komplizenhaften Lächeln empfangen wurde. Ich malte mir aus, was ich alles für sie stehlen würde, Parfüm, Kleider, schöne Taschen, da trat sie auf die Zimmerschwelle, mit einem Tablett in den Händen, und sie sah mich mit einem großen erwartungsvollen Lächeln an. Ich nahm ihr das Tablett ab und begann den Tisch zu decken. Sie setzte sich, goß sich ein Glas Wein ein, zündete eine Zigarette an und inhalierte tief.

»Es ist lange her«, sagte sie, »daß wir es uns gemütlich gemacht haben.« Sie hielt mir den Brotkorb hin, ich nahm mir eine Scheibe und setzte mich. Ich würde nicht viel essen können, der Kakao lag mir im Magen, aber noch schwerer wog die Erinnerung an dieses eklige Zeug, das ich am Vormittag in der Kaufhalle getrunken hatte. Ich sah wieder den grauhaarigen Verkäufer vor mir; nachdem er seine Kollegen nach vorn geschickt hatte, stand er allein mit mir im Raum. Er nahm mir die Flasche aus der Hand und roch daran. »Ich versuche nur, dir zu helfen«, sagte er, »wenn du nachher gehst, wirst du nie wieder was Unrechtes tun, aber vor allem wirst du nie wieder klauen.« Er reichte mir die Flasche und sagte mit irgendwie verjüngter Stimme: »Versuch's noch mal, trink, mein Mädchen.«

Nach dem vierten Schluck begann ich mir die Seele aus dem Leib zu kotzen, und dieser grauhaarige Irre legte mir dabei seine Hand auf die Stirn.

Meine Mutter blies Rauch aus der Kehle, drückte die Zigarette aus, sah mich an und sagte, sie wäre sich sicher, meine Diebesbeute sinnvoll verwenden zu können. Sie sagte es mit derselben harschen und erstaunten Stimme, mit der sie mich sonst an meine Pflichten erinnerte, mir Aufgaben erteilte, mit der sie mich beschimpfte und verfluchte. Sie saß konzentriert vor mir und entwarf Pläne. Irgendwann begriff ich, das diese Pläne nichts mit mir zu tun hatten und ich ihnen doch entkommen mußte. Sie fuhr mit den Fingern durchs Haar, lächelte und trank, wollte im Plauderton noch alles mögliche wissen. Wie ich den Raum im Auge behalten würde. Ob es besser in großen oder kleinen Filialen ginge? Und das neue Kaufhaus, wie sei das gesichert? Dann streichelte sie meine Hände und bewunderte, wie zart, langfingrig und geschickt sie doch seien. Später als sonst, viel später gingen wir zu Bett.

Als ich eingeschlafen war, träumte ich von einem groben, schweren Gaul, der durch die Straßen trottet. Aus der Stadt hinaus, kommt das Pferd an einen vereisten See. Es trottet eine ganze Weile über das Eis, das plötzlich in der Mitte bricht, in Sekundenschnelle auseinanderbricht, und das Tier wird in die Tiefe gezogen. Aber es ertrinkt nicht, sondern trottet auf dem Grund des Sees weiter, als wäre nichts geschehen und der Grund des Sees eine ihm vertraute Landschaft.

Am nächsten Morgen gab mir meine Mutter den Einkaufszettel, auf dem mehr als sonst stand, und natürlich keinen Pfennig Geld. Ich hatte keine Angst, daß sie mich erwischten, das würde ich schon hinbekommen, obwohl ihre Einkaufsliste durchaus speziell war. Es gab ja weder Spiegel an den Wänden noch Kaufhausdetektive. Aber ich wußte, irgendwann würde meine Mutter die Beute nicht mehr zufriedenstellen, sie würde andere Dinge von mir verlangen.

Ich hatte verschiedene Ahnungen, die sich erfüllten, und oft wurden sie von dem Ehrgeiz meiner Mutter übertroffen, aber seither habe ich nie wieder von einem Bündnis mit ihr geträumt. Es gibt kein Entrinnen, auch das begriff ich damals zum erstenmal, aber das ist eine andere Geschichte.

Juni, Juli, August

Die Sommermonate waren heiß, schwül und endlos lang. Am Himmel zuckten Blitze, und oft war der nächste schon zu sehen, ehe der Donner vorüber war.

Das Jugendamt hatte Marias Vater und seiner zweiten Frau das vorläufige Sorgerecht zugesprochen. Sie holten das Mädchen nachts aus Dresden ab und kamen in den frühen Morgenstunden auf Usedom an. Der Vater ging gleich mit ihr runter zum Strand. Sie zog die Schuhe aus, lief durch das Wasser und hörte aus reinem Übermut nicht zu, was er erzählte. Statt dessen rannte sie über den nassen Sand, sammelte Muscheln, und irgendwann sah sie am Horizont die Blitze.

Die Wohnung des Vaters bestand aus zwei Zimmern und einem Flur, der zu einem kleinen Anbau führte, wo ein Campingbett für sie bereitstand. Vor dem Fenster des winzigen Kabuffs hingen großmaschige Gardinen, die nach altem Tabakrauch rochen. Schräg über den Hof war die Küche und der hintere Raum der Gaststätte. Bis spät in die Nacht spielte eine Combo Schlager; Schlager, die man Anfang der siebziger Jahre hörte. Ihr Vater war Leiter der Tanzgaststätte, ihre Stiefmutter servierte dort.

Und so hörte sie vom ersten Tag ihrer Ankunft jede

Nacht die gleiche Einschlafmelodie, das Geklapper der Töpfe, das Gegröle der Betrunkenen. Früh ging sie zur Schule, und ihr Vater und seine Frau gingen ins Bett. Nachmittags half sie in der Küche, wobei sie am liebsten die Fische abschuppte. Sie saß neben der taubstummen Köchin und ließ ein Schuppengestöber auf- und niedersteigen. Manchmal verschluckte sie sich an den Schuppen, oder sie blieben an ihren Wimpern hängen. Die Köchin hatte zwei dicke Zöpfe zu einem Haarkranz um den Kopf gewunden, darüber trug sie eine durchsichtige Haube. Sie starrte Maria oft mit ihren dunkelglänzenden Augen an. Wenn Maria lächelte, lächelte sie auch.

Abends durfte Maria mit dem Hund in die Heide gehen. Der schwarzweiße Mischling kackte jeden Tag einen gelblichen, nach Fisch stinkenden Brei. Sie saß im Pflaumenbaum, der noch unreife Früchte trug, und beobachtete die Gegend. Der Boden war mit violett gefleckten Büschen übersät, und überall gab es Haufen aus Kotkügelchen, die sie je nach ihrer Größe Hasen oder Füchsen zuordnete. Zwischen Holunder und Brombeerbüschen baute sie sich eine kleine Höhle. An das Wetterleuchten hatte sie sich gewöhnt, und auch wenn der Donner krachte, fürchtete sie sich nicht. Am Horizont glänzte ein schmaler Sumpfstreifen, in dem Frösche quakten. Sie lief durch strohgelbe Kornfelder oder pflückte Margeriten und Mohnblumen am Rand der Felder. Manchmal saß sie mitten in einem Weizenfeld, den Hund neben sich, hörte den Wind durch die Halme streifen und versuchte herauszufinden, wo der Himmel begann. Sie freute sich auf die Zeit, wenn die Pflaumen an dem Baum blau sein würden.

Die Pflaumen färbten sich gelb, es war ein Eierpflaumenbaum. Obwohl die Ferienzeit angebrochen war, hatte sie es nicht geschafft, sich mit jemandem anzufreunden. Sie redete manchmal mit der Verkäuferin aus dem Bäckerladen oder dem Jungen aus der Gärtnerei. Sie fing Kohlweißlinge und steckte sie in ein Glas. Löste Etiketten von Weinflaschen, klebte sie zu Mustern angeordnet auf Pappe und versuchte sie am Strand zu verkaufen.

Von den Dünen aus konnte sie die Gaststätte sehen. Am Wochenende standen viele Leute davor, und ihr Vater in Anzug und Krawatte stolzierte wie ein König durch diesen Pulk. Er entschied, wer eingelassen wurde, wer tanzen durfte, trinken, lächeln.

Morgens war es still in dem gelben einstöckigen Haus. Auf der Straße lagen zerknüllte Zigarettenschachteln, Kippen, Scherben, an den Hauswänden standen leere Weinflaschen. Um die Mittagszeit kam die Putzfrau und öffnete die Türen. Jeden Dienstag wurden große Kisten mit Fleisch, Fisch und geschälten Kartoffeln geliefert. Die Kartoffeln kamen in große, mit Wasser gefüllte Tonnen, in denen es bald von Maden nur so wimmelte.

Eines Tages nahm der Vater Maria zur Seite und erklärte ihr, daß die Stiefmutter scheinschwanger sei. In dem großen Bauch, den Maria oft verstohlen betrachtet hatte, wäre nur Luft, nichts als Luft. Tage später kam die Stiefmutter ins Krankenhaus, und Maria stellte sich vor, wie sie dalag, in einem fremden Bett, Schläuche an ihrem Bauch, durch die die Luft herausströmte. Maria versuchte Luft zu schlucken. Sie lief mit weit geöffnetem Mund durch die Straßen, schnappte und schluckte, bis ihr schwindelig wurde. Ihr Bauch blieb flach und hart.

Sie sah ihren Vater jetzt seltener. Er kam in den frühen Morgenstunden, stellte die Blechkassette mit dem Geld ab, schlief ein paar Stunden und verschwand wieder. Maria nahm sich so viel Geld aus der Kassette, wie sie brauchte. In jenem Sommer trugen die Mädchen bunte, mit Blumen bedruckte Papierkleider. Maria konnte jeden Tag ein anderes Kleid anziehen, und manchmal schnitt sie die Blumen aus den Kleidern und klebte sie auf Zeichenblätter. Sie ging weiterhin jeden Tag in die Heide. Essen holte sie sich aus der Küche. Die Köchin roch seit Tagen nach Maiglöckchen, und überhaupt schien es Maria, als hätte sie sich auch sonst verändert; sie trug weiße Söckchen, lief manchmal ohne Schuhe und zeigte in einem fort ihre gelblichen Zähne beim Lächeln. Sie hatte die durchsichtige Haube abgelegt, so daß die Fischschuppen in ihrem Haar landeten, und manchmal sah es so aus, als würde sie mitten im Sommer eine Mütze aus Eiskristallen tragen.

Alle warteten auf den Regen, auf einen lange anhaltenden Regen. Die kurzen Gewitterschauer brachten keine Erlösung. Die Gräser in der Heide verdorrten, die Chitinpanzer der Käfer ähnelten glanzlosen Steinen; Teiche und Sümpfe trockneten aus. Als der Regen endlich aus den Wolken platzte, hatte Maria vergessen, das Fenster zu schließen. Der Regen traf mit kleinen harten Tropfen das Bettzeug, ihr Gesicht. Maria kam im Dunkeln hoch, leckte sich mit der Zunge die Nässe von den Lippen, begriff schlaftrunken, daß es Nacht war und regnete. Während sie das Fenster schloß, sah sie, daß die Nacht nicht undurchdringlich schwarz war; in den hinteren Küchenfenstern brannte Licht. Sie wußte nicht, zu wem sie wollte, als sie barfüßig im Bademantel ihrer Stiefmutter über den Hof rannte und regennaß vor der Küchentür stehenblieb. Der Boden unter ihren Füßen war kalt, sie hörte Musik, starrte auf den Lichtstreifen unter der Tür und drückte die Klinke herunter. Der Lichtstreifen erschien nun auch einen Spaltbreit längs der Tür, und sie begann Geräusche auszumachen, die nicht zu der Musik gehörten. Sie wollte die Tür nicht weiter öffnen, sah durch das Schlüsselloch und hielt die Füße zuerst für behandschuhte Hände. Die Füße der Köchin, in weißen Söckchen, die auf den Schultern ihres Vaters lagen. Die Köchin hatte die Augen geschlossen, und Maria fragte sich, wieso sie sich im Rhythmus der Musik bewegen konnte, obwohl sie taub war.

Am nächsten Morgen ging Maria in den Nachbarort, wo es einen Campingplatz gab. Bis zum Nachmittag hatte sie es geschafft, sich mit einer Horde Jungs anzufreunden. Sie trank mit ihnen Bier, obwohl es ihr nicht schmeckte, und als es dämmrig wurde, folgten ihr die Jungs über den abgekühlten Asphalt der Straße bis zu dem gelben einstöckigen Haus. Sie hatte sich mit keinem der Jungs besonders angefreundet, sie fand, daß alle mehr oder weniger gleich aussahen. Die Köchin stand mit dem Rücken zur Tür und nahm Fische aus. Maria sah die weißen Söckchen und daß sie ihre Haube nicht trug, und dann zeigte sie den anderen, wo sich die Vorräte befanden; die Kühlkammer mit dem Eis, Fleisch zum Grillen, die Weinflaschen, der Schnaps. Minuten später sah die Küche verwüstet aus, und die Jungs waren verschwunden. Die Köchin hatte Maria die ganze Zeit angesehen, ohne sich zu rühren. Auch als Flaschen zu Bruch gegangen waren, hatte sie die Augen nicht von ihr genommen. Sie hatte sie angestarrt und dabei die Fischschuppen von ihrem Haar gesammelt. Dann begann sie aufzuräumen. Maria war sich nicht sicher, was sie als nächstes tun sollte. Ob es bereits reichte, was sie getan hatte. Ob das Maß voll sei, wie ihr Vater oft sagte. Musikfetzen drangen durch die Tür. Die Combo begann für den Abend zu proben. Maria sah der Köchin beim Aufräumen zu, diesmal war sie es, die sich nicht rührte.

Die Tage waren dehnbar wie Kaugummi. Der Himmel weißblau, immer die Blitze, der Donner, der sich inzwischen wie sein eigenes Echo anhörte. Maria machte sich nichts daraus, im Meer zu baden. Wenn ihr Vater nach ihr rief, die bereits aufgeblasene Luftmatratze unter dem Arm, versteckte sie sich. Er rief nicht oft, und irgendwann würde er es ganz bleiben lassen. Nachmittags half sie dem Jungen gegenüber in der Gärtnerei beim Unkraut jäten. Manchmal setzte sie sich auch zu den beiden Alten, den Großeltern des Jungen, auf die Bank. Die alte Frau und auch der Mann trugen ein Kopftuch, die Frau hatte einen leichten Bartwuchs; sie waren beide sicher um die Hundert, dachte Maria. Der Junge hatte ihr nicht ohne Stolz erzählt, daß sein Großvater Soldat im Ersten und Zweiten Weltkrieg gewesen war und daß in seinem Hintern noch immer ein Granatsplitter steckte. Er gebrauchte seine Finger beim Aufzählen der anderen Heldentaten; der Großvater sei Aktivist der ersten Stunde gewesen, hätte Walter Ulbricht persönlich gekannt und bei den Bauplänen für die Mauer mitgeholfen.

Die Frau lag seit ein paar Tagen im Bett, und so saß Maria nur neben dem Alten, dessen Füße immer wieder die gleiche Stelle des Bodens streiften. Er rieb den Stoff seines Hemdes zwischen den Fingern und hatte die Augen geschlossen. Sie wußte, daß er gewindelt wurde. Der Junge hatte es ihr gesagt. Und manchmal lief es an seinen Beinen herunter. Maria sah nie direkt hin; sie wollte nicht, daß der Alte sich schämte. In seiner Nähe bewegte sie sich langsam und gemächlich, als wäre ihr ihre Jugend und Gesundheit peinlich. Jetzt versuchte er, die Beine übereinanderzulegen.

Maria hörte ihren Vater rufen, einmal, zweimal. Sie wußte, er würde sie nicht suchen. Der Alte atmete durch den geöffneten Mund, er schien wütend, weil das mit dem Bein nicht klappte. Mit seiner Großmutter gehe es zu Ende, hatte der Junge fast beiläufig zu Maria gesagt. Sie hielt das Gesicht in die Sonne und versuchte mit zugekniffenen Augen, etwas zu träumen. Manchmal gelangen ihr die wunderbarsten Tagträume. Sie stellte sich dann einen großen Wald vor, in dem sie Bäume fällte, ein Blockhaus baute, das sie langsam mit allem möglichen einrichtete. Ein großer Holztisch, ein altes Großmutterbett, eine Küche mit blauem Geschirr. In ihrem Traum schaffte sie alles ohne große Anstrengung, sie zersägte die Bäume zu Holzbalken und setzte alles mühelos zusammen. Das Geschirr tauschte sie auf einer Art Schwarzmarkt gegen Pilze und Beeren ein. Komischerweise datierte sie, was im Traum geschah, immer in eine Zeit nach einem Krieg, eine Zeit voller Entbehrungen; sie war allein, und sie war froh, allein zu sein. Diesmal gelang ihr das Träumen nicht. Der Alte neben ihr schnaufte zu sehr. Er schaffte es einfach nicht, das Bein über sein Knie zu legen.

Eine Woche später wurde die alte Frau beerdigt. Maria hatte eines ihrer Papierkleider mit schwarzer Tusche aus ihrem Farbkasten bemalt und stand mit den anderen um das offene Grab. Der Himmel war dunkel, und das fand sie irgendwie richtig. Als der Sarg hinuntergelassen wurde, stolperte einer der Sargträger und fluchte. Maria hatte ihn schon oft in der Gaststätte beim Tanzen gesehen. Sie versuchte traurig zu sein, aber es gelang ihr nicht. Sie verstand auch die Rede nicht. Das Lied, von einem Plattenspieler abgespielt, kam ihr bekannt vor, und dann fiel ihr ein, daß der Alte es in den letzten Tagen immer wieder vor sich hin gesummt hatte. Einmal hatte er sogar versucht, das Lied zu pfeifen, aber seinem zahnlosen Mund war nur Luft entwichen. Der Mann mit dem schwarzen Hut redete schon wieder. Sie hörte oft das Wort Genossenschaft. Er las aus einem Buch und sah kein einziges Mal auf. Einige begannen zu husten und sich zu räuspern; dann fielen die ersten Regentropfen.

Der Junge hatte sie zu dem Essen eingeladen. Als sie sich setzen wollte, entdeckte sie, daß ihre Beine schwarz gesprenkelt waren, ihre Hände, alles an ihr war mit schwarzen Spritzern übersät. Durch den Regen war die Tusche auf ihrem Kleid ausgelaufen.

Später, im Spiegel, sah sie ihr schwarzfleckiges Gesicht. Aber es machte ihr nichts aus. Im Bett dachte sie noch lange über den Tag nach. Sie hatte jede Menge Eis gegessen und sich mit der Cousine des Jungen angefreundet. Den Alten hatte man in einem Rollstuhl an den Tisch geschoben, und während er gefüttert wurde, hatte er immer wieder versucht, diese Melodie zu pfeifen. Die Cousine war vielleicht zwei, drei Jahre älter als Maria, und sie hatte trotzdem den ganzen Abend mit ihr geredet. Sie hatte schon Brüste, blonde Haare und Pickel auf der Stirn. Sie konnte das Lied über Conny Kramer auswendig, schrieb sich mit einem Brieffreund aus Prag, und am Ende des Abends hatte sie ihr verraten, daß sie keine Jungfrau mehr sei. Sie hieß Evi und würde eine Woche bleiben.

Am nächsten Morgen erwachte Maria früh. Sie hörte ihren Vater im Nebenzimmer schnarchen, und als sie auf die Straße schlich, war alles still. Auch in der Gärtnerei schienen noch alle zu schlafen. Sie setzte sich vor den Zaun und wartete. Irgendwann hörte sie die ersten Geräusche aus den Häusern; Wortfetzen, die Toilettenspülung, Musik und Stimmen aus dem Radio, das kurze Aufheulen der Kaffeemühlen. Die Einheimischen grüßten sie, als sie auf ihren Rädern vorbeifuhren, die Badegäste hingegen streiften sie nur mit neugierigen Blicken. Endlich ging die Tür auf und Evi kam heraus, mit geflochtenen Zöpfen, die mit zwei blauen Kirschen aus Plaste zusammengehalten wurden. Sie lächelte ihr zu, turnte im Garten herum, machte ein paar Kniebeugen. Maria rief ihr zu, daß sie lieber jetzt ins Dorf gehen sollten, ehe ihr Vater erwachte, sonst müsse sie vielleicht mit ihm zum Strand. In Wirklichkeit konnte sie es nicht mehr glauben, daß dieses Mädchen Zeit mir ihr verbringen wollte. Aber sie schob ihren Arm unter Marias Arm, und sie gingen runter ins Dorf. Evi führte sie auf den Hof der Bäckerei, wo die Hintertür zum Laden geöffnet war und der Kuchen auf großen Blechen zum Abkühlen stand. Sie nahmen sich Streuselkuchen und Bienenstich von den Blechen und rannten davon. Später gingen sie in den

Bäckerladen und baten um Kuchenränder. Maria zeigte Evi den Eierpflaumenbaum und die kleine Höhle, die wie eine Wohnung eingerichtet war. Sie liefen am Meer entlang und beobachteten am FKK-Strand die nackten Jungen. Die Stunden vergingen so schnell, daß es Maria fast den Atem nahm. Am nächsten Tag kauften sie sich Kleider und einen Lippenstift, den sie gemeinsam benutzten. Sie tranken so viel Limonade, daß sie das Gefühl hatten, ihre Bäuche würden platzen. Einen ganzen Vormittag halfen sie in der Gärtnerei, und in dem Weizenfeld las ihr Evi aus ihrem Tagebuch vor.

Es war Donnerstag, und Maria war dabei, Evi die Küche zu zeigen, das Eis in der Kühlkammer. Als die Tür aufging, kam nicht die Köchin, sondern ihr Vater herein. Er hängte seinen Kopf unter den Wasserhahn und trank. Dann rotzte er den Schleim aus der Nase, holte ihn tief aus dem Rachen, und spuckte aus. Er hatte nur eine Unterhose an und war schon im Gehen, als er Evi bemerkte. Er stand da, sah sie an, dann ging er. Die Tür war kaum zu, da hörte Maria ihn rufen. Sie ging ans Fenster, und er winkte sie raus.

»Wer ist diese Schlampe?« sagte er.

Maria wußte, daß sie sich nicht verhört hatte. »Meine Freundin«, sagte sie.

»Die ist nichts für dich«, sagte er und sah sie an, als wäre sie tot.

Er drehte sich um, ließ die Tür hinter sich ins Schloß knallen. Einen Augenblick versuchte sie die Situation einzuordnen, einen Augenblick, von dem sie später dachte, es wäre besser gewesen, ihn nicht verstreichen zu lassen. Aber das war später, weit über diesen Tag hinaus.

Sie lief in die Küche und sagte, daß es besser wäre zu verschwinden. Evi saß auf einem Stuhl, löffelte Eis und schüttelte heftig den Kopf. So viel Eis auf einmal, das mußte sie doch verstehen, so was kam nie wieder. Maria überlegte kurz, ob sie auch von dem Eis essen sollte, und dann hatte sie plötzlich das Gefühl, den Kopf in den Eiskübel stecken zu müssen und zu essen, bis sie keine Luft mehr bekam. Sie hörte seine Schritte, obwohl es noch jede Menge andere Geräusche gab. Ihr Vater trug ein weißes Hemd und Jeans, die sie noch nie an ihm gesehen hatte. Er mußte sich in Sekundenschnelle gekämmt haben; sein Haar glänzte naß, und er lächelte.

»Willst du mich deiner Freundin nicht vorstellen?« sagte er.

Maria betrachtete eine Frau auf dem Umschlag einer Illustrierten. Sie hatte große, wahnsinnig blaue Augen von der Farbe des Meeres, wenn es am Horizont auf den Himmel traf. Sie atmete aus. Oder waren die Augen grün, ein wahnsinniges Froschgrün? Sie schaute in diese Augen hinein, bis es ihr weh tat. Evi war aufgestanden und gab Marias Vater die Hand. Er lächelte immer noch.

»Willst du uns nicht eine Flasche Wein holen?« sagte er. Er sah Maria nicht direkt an. Er fixierte vielmehr einen Punkt auf der Mitte ihrer Stirn, als wäre dieser Punkt ein Seismograph für seine wirklichen Gefühle. Sie mußte doch wissen, was er wirklich fühlte, was er wirklich wollte. Und sie verstand, irgend etwas in ihr verstand; aber sogar jetzt noch, im Augenblick des Begreifens, entschloß sich ihr Mund, das Lächeln einer Komplizin zu zeigen.

»Bring uns den Wein rüber«, sagte er, und diesmal sah er sie an. Evi zuckte mit den Achseln und aß weiter von dem Eis. Sie sah nicht gerade erfreut aus, aber irgendwie doch geschmeichelt. Ihr Vater redete mit ihr, als wäre sie eine Verwandte, zumindest wirkte es so, als wäre er mit ihr befreundet. Er legte ihr beim Herausgehen sogar die Hand auf die Schulter. Maria wartete, bis sie von drüben die Tür hörte, dann holte sie eine Flasche aus dem Weinkeller. Dann stand sie in der geöffneten Tür, die Flasche mit zwei Gläsern irgendwie im Arm. Evi saß auf dem Sofa, das Gesicht Marias Vater zugewandt. Beide sahen kurz auf. Evi lächelte ihr kurz zu, ehe sie wieder in das große Lächeln ihres Vaters eintauchte, der beim Sprechen mit beiden Händen weit ausholte, eine Kaskade von Wörtern in die Luft malte. Ohne sich zu unterbrechen, hatte er ihr die Flasche abgenommen, entkorkt, die Gläser vollgegossen. Dann prostete er Evi zu, die in kleinen, eiligen Schlucken trank. Er kam ihr vor, als wäre er jemand anderer. Sie hörte Evi kichern, sah sie erröten, und das zweite Glas Wein trank sie, als hätte sie nie etwas anderes gemacht. Maria stand neben dem Tisch, sie stand still, sehr still, und irgendwann unterbrach ihr Vater sich und gab ihr mit einer Handbewegung zu verstehen, daß sie gehen sollte. »Komm später wieder«, sagte er. Evi hob das Glas an den Mund und trank. Maria ging nach draußen, schloß die Tür hinter sich, leise. Im Hof setzte sie sich auf den Steinboden mit dem Rücken zur Hauswand. Stand wieder auf und kroch in die leere Hundehütte. Sie roch das Holz, die abgestandene Wärme des Hundes, und dachte daran, die Hütte in den nächsten Tagen neu zu streichen. Nach einer Weile kroch sie aus der Hütte, ging in die Küche, holte sich Kekse, Eis aus der Kühlkammer. Sie hockte sich wieder an die Hauswand, aß das Eis und die Kekse. Hörte einen Hubschrauber am Himmel, und dann begriff sie im Heruntersticken eines Augenblicks, daß Evi auf dem Hof stand. Sie stand vor ihr, ein wenig verloren auf den Beinen, ihre Haare lagen unglaublich ordentlich, wie angeklebt auf dem Kopf. Es sah so aus, als ob sie weinte, lautlos. Aber Maria war sich nicht sicher.

Sie sagte: »Wir müssen reden«, und trat einen Schritt auf Evi zu, versuchte ihr in die Augen zu sehen. Ihre Augen waren grau, weder wahnsinnig blau noch wahnsinnig grün, einfach nur grau, schmutziggrau. Maria hob die Hand und versuchte, ihr Gesicht zu streicheln, suchte Worte, die sie sagen könnte, und fand sie nicht. Evi wich zurück, stieß gegen die Hundehütte. Hielt sich kurz, um das Gleichgewicht zu halten, mit den Händen am Dach der Hundehütte fest. Sagte: Scheiß Hütte, scheiß Hunde. Maria sah das rote Rinnsal an Evis Beinen, sah ihre Füße mit dem sorgsam aufgetragenen Nagellack in den neuen Sandaletten, während sich die Stille über den Hof dehnte, ein träger Luftzug, von irgendwoher. Ihre Freundin entfernte sich mit kleinen geraden Schritten von ihr. Kurz vor der Hoftür knickten ihre Knie ein, aber sie hielt sich an der Hauswand.

Die Augusttage waren heiß, jedes Atemholen kostete Mühe. Das Meer war glatt wie ein Spiegel. Die Luft stand still, ab und an ein Blitz, dem ein müder Donner folgte. Maria hielt sich tagsüber in ihrer Höhle auf, in der sie, wie ein Vogelweibchen beim Nestbau, Steine, Schwemmholz, Mörtelstückchen, Muscheln und bunte Stoffetzen zusammengetragen hatte. Es gab ein Lager mit einer Decke, einen Tisch, der aus einer alten Holzkiste bestand, Geschirr und eßbare Vorräte aus der Gaststätte.

Eines Tages war ihre Stiefmutter wieder da, mit neuer Frisur und ohne aufgeblasenen Bauch. Eine Zeitlang war morgens der Frühstückstisch gedeckt, eine Zahnpastatube lag auf dem Waschbecken, Marias Papierkleider hingen im Schrank. Die Stiefmutter säuberte die Wohnung und wusch die Gardinen, und ihr Vater ließ sich plötzlich ihr Zeugnis zeigen und kritisierte die Kopfnoten; Betragen und Fleiß, meinte er, seien das Wichtigste im Leben. In der letzten Augustwoche fiel der gedeckte Frühstückstisch weg, und die leere Zahnpastatube wurde nicht mehr erneuert.

Die Zeit des Sommers rieselte wie Sand durchs Glas, irgendwann strahlten die Bürgersteige nicht mehr die Hitze der vergangenen Wochen aus. Maria hatte sich ein Meerschweinchen gekauft, das in einem Schuhkarton lebte. Morgens nahm sie es mit in ihre Höhle, und abends stellte sie den Karton unter den Schrank im Schlafzimmer. Das Meerschweinchen hatte eigentlich keinen Namen, manchmal aber nannte sie es Evi. Es hatte ein Ekzem am Bauch, und Maria cremte das Fellchen regelmäßig ein. Ab und an nahm sie es mit zum Strand und zeigte dem Meerschweinchen das Meer. Und dann gab es jenen Morgen, an dem das Meerschweinchen verschwunden war. Der Karton war leer. Sie suchte überall, im Zimmer, im Korridor, sie lief sogar runter zum Strand. Als sie ihren Vater fragte, antwortete er ihr nicht. Er gab ihr mit einem Achselzucken zu verstehen, daß ihm die Existenz des Meerschweinchens völlig unbekannt geblieben war.

Sie versuchte, etwas aus seinem Schweigen herauszuhören.

An diesem Tag ging sie nicht in ihre Höhle. Stattdessen erzählte sie ihrer Stiefmutter die Sache mit der Köchin. Sie erzählte alles, auch das, was sie nicht gesehen hatte. Am Nachmittag rief ihr Vater sie zu sich. Seine Stimme überschlug sich, sein Gesicht war konzentriert vor Wut. Dann wies er sie an, ins Nebenzimmer zu gehen; er käme gleich nach. Sie hörte ihn mit der Stiefmutter sprechen. Er war ein guter Schauspieler. Und irgendwie hatte sie das Gefühl, daß er gar nicht anders konnte. Er glaubte an das, was er sagte.

Die unteren Fenster im Schlafzimmer ließen sich nicht öffnen. Maria stellte sich auf einen Stuhl und versuchte an die hohen, kleineren Fenster zu kommen. Schließlich gelang es ihr, den Riegel herumzudrehen. Sie schwang sich nach oben, versuchte sich durch die Öffnung zu ziehen. Ließ sich vorsichtig an der Außenseite der Scheibe hinunter, zuerst die Hände, dann den Kopf, die Schultern. Sie war mit der einen Hälfte ihres Körpers schon draußen, mit der anderen noch im Zimmer. Durch die Scheibe konnte sie von draußen nach drinnen sehen. Sie war gerade dabei, sich mit den Händen auf das Fensterbrett zu hangeln, als sie den Griff an ihren Beinen spürte. Kopfüber sah sie hinter dem Fenster das Gesicht ihres Vaters. Sie hörte nicht, was er sagte, obwohl sie es hätte hören können. Als sie mit den Beinen strampelte, ließ er kurz von ihr ab. Sie gewann an Tiefe, und ihren Händen gelang es, sich auf dem Fenstersims abzustützen. Sie sah ihren Vater hinter der Scheibe, sah, wie der Schweiß ihm von der Stirn rann. Sie hatte fast Mitleid mit ihm, mit all seinen Anstrengungen, mit seinem erschöpften, wütenden Gesicht. Aus den Augenwinkeln nahm sie hinter sich einen Schatten wahr, einen Schatten, der eine Gestalt bekam, die zu ihr trat. Jemand hielt ihre Arme und zog. Sie strampelte noch einmal mit den Beinen, schaffte es, sich mit dem Becken durch die Fensteröffnung zu schieben, dann halfen ihr zwei Hände, auf den Boden aufzukommen und sich in eine aufrechte Haltung zu hieven. Vor ihr stand die Köchin. Sie stand da mit geöffnetem Mund und lächelte sie an. Es sah so aus, als wollte sie ihr etwas sagen. Doch dann nahm sie Marias Hand, und sie rannten gemeinsam los.

Sie liefen aus dem Dorf, ausgetretene Feldwege entlang, durch die schimmernde Landschaft, Hand in Hand. Schließlich blieben sie stehen, schwitzend und außer Atem, und ihre Hände lösten sich. Sie standen am Abhang der Dünen. Maria schloß kurz die Augen und atmete die salzige Luft ein. Dann griff sie nach der Hand der Köchin, und sie liefen weiter. Es dämmerte bereits, als sie in der Heide ankamen. Das ist meine Höhle, sagte sie, mein Zuhause, hier ist die Vorratskammer, das Spielzimmer, die Geheimkammer, hier kann man es gut haben. Sie zeigte ihr die Muscheln, die bunten Stoffetzen, eine Seite aus Evis Tagebuch. Sie tranken Wasser aus einer mit bunten Etiketten verzierten Flasche, und dann gingen sie zu den Hügeln in der Heide und setzten sich neben den Pflaumenbaum. Maria begann das Lied des Großvaters aus der Gärtnerei zu summen. Aber genau wie er bekam sie es nicht richtig hin. Vor ihren Füßen hüpfte ein graubraun getupfter Vogel auf dem Boden herum. Er scharrte mit seinen winzigen Krallen im Sand, hackte mit seinem Schnabel nach einem Käfer, flog davon. Irgendwann kam Wind auf, und aus den Haaren der Köchin wirbelten Fischschuppen und tanzten durch die Luft.

Eine Krankheit

Sie kam im Oktober, und man gab ihr die Vierunddreißig. Ich war eine der jährlich wechselnden Praktikantinnen, und in drei Monaten würde ich diesen Ort wieder verlassen. Neun Monate lagen bereits hinter mir, neun Monate in einem Kinderheim mit achtunddreißig Jungen und Mädchen, drei Erziehern, zwei Köchinnen, zwei Nachtwachen und einem Heimleiter.

Die Nr. 34 hieß Nelly, war vierzehn Jahre alt, rappeldürr, mit einem zu langen Hals und zu langen Gliedern, eine junge Giraffe mit schüchternem Blick. Die Nummer war in ihren Kleidungsstücken, Handtüchern und ihrem Bettzeug eingenäht, sie stand auf dem Leder ihres Ranzens und in ihren Schuhen. Nelly wurde in einem weißen Škoda gebracht und hatte außer ihrem Schulranzen keine weiteren Sachen dabei. Während die Frau von der Jugendhilfe auf den Heimleiter einredete, stand Nelly mit ernstem Gesicht daneben. Beim Abschied machte die Frau eine Bewegung auf Nelly zu, als wollte sie diese umarmen. Nelly wich zurück und wäre beinahe die Treppe hinuntergestolpert.

Der Heimleiter konnte mit ihr nicht viel anfangen, das war auf den ersten Blick zu sehen. Sie hatte etwas

Jungenhaftes, Unbiegsames, nichts war weich an ihr. Das helle kurze Haar erinnerte an Vogelflaum, ihr Blick blieb verschlossen, aber sie erfüllte bereitwillig jede Aufgabe, die man ihr gab. Und Herr Stempel, der Heimleiter, ein übergewichtiger Beamter mit Ärmelschonern und einem Kindergesicht, schrieb ihren Namen bereits eine Woche nach ihrer Ankunft in die Liste der guten und vorbildlichen Kinder ein. Anfangs ärgerten sie die Kinder, nannten sie: »Gerippe«, »Schneewittchen ohne Tittchen« oder »stilles Wasser«. Sie sprach kaum mit den anderen Kindern, und wenn sie beim Essenholen anstand, tippte ihr oft jemand von hinten auf den Rücken und sagte, an ihrer Schürze hingen zwei Fäden herunter. Jedesmal drehte sie sich um und suchte nach diesen Fäden, und nie kam sie auf die Idee, daß damit ihre Beine gemeint waren. Sie war nicht dumm, sie war einfach nur arglos und vielleicht auch ein wenig ängstlich. Aber das war wie gesagt Anfang Oktober.

Das Kinderheim lag in einer Senke zwischen zwei Dörfern, dicht neben einem See mit einer Gänsezuchtanlage. Das Geschnatter der Gänse war bis spät in die Nacht zu hören, und früh morgens kam ihnen niemals ein Hahn zuvor. Ich wohnte im Nachbardorf zur Untermiete bei einer freundlichen alten Frau, zu der ich kaum Kontakt hatte. Das Heim trug den Namen »Geschwister Scholl«, es gab eine wöchentlich wechselnde Wandzeitung mit selbst verfaßten Gedichten und Aufsätzen der Kinder, und überall hingen Bilder der Geschwister Scholl, umrahmt von weißen angestaubten Papierrosen. Ich wollte Erzieherin werden, weil ich Kinder liebte und weil ich wußte, daß ich nie eigene Kinder bekommen würde.

Obwohl Nelly sieben Jahre jünger war als ich, erschien sie mir schon ziemlich erwachsen. An einem Nachmittag diskutierte ich mit den Kindern im Gruppenraum über den Klassenfeind, den Kapitalismus, und sie, die sich sonst kaum an Diskussionen beteiligte, fragte plötzlich, was schlecht daran sei, ein Auto kaufen zu können, wenn man das Geld dafür hatte, und warum es unmoralisch sei, auf einer griechischen Insel Urlaub zu machen. Es war nicht zynisch oder ironisch gemeint, sie wollte es wirklich wissen, einfach begreifen. Als sie die Frage stellte, warum Menschen in einem Land eingeschlossen werden konnten wie Tiere in einem Zoo, verstummten alle. Ich wechselte das Thema und versuchte später, mit ihr zu reden. Sie gab sich Mühe, meinen Antworten zu glauben, das sah ich, aber meine Fakten, die plötzlich wie Beteuerungen klangen, konnten sie nicht überzeugen.

Ständig sah man sie über Bücher gebeugt. Am liebsten lese sie Hemingway und Dumas, erzählte sie mir einmal, und die ersten Seiten vom »Graf von Monte Christo« würde sie auswendig kennen. Die Kinder schienen sie in den ersten Wochen gar nicht richtig wahrzunehmen. Nur beim Essen wurde sie neugierig beobachtet, denn sie schlang unglaubliche Mengen in sich hinein. Die Jungs fanden sie uninteressant, sie war weder gesellig noch kumpelhaft, und in gewisser Weise verstand ich die Jungs, man konnte sich einfach nicht vorstellen, ihren Mund küssen zu wollen. Dieser Mund war schmal und traurig und die Mundwinkel immer eingerissen, als würden ihr Vitamine fehlen. Die Mädchen mochten Nelly nicht, weil sie so wenig von sich erzählte; sie war schüchtern, aber das war für die Mädchen auf den ersten

Blick nicht zu erkennen gewesen. Ihr einziger Pluspunkt schien für die anderen zu sein, daß sie es so schnell in die Liste der guten, vorbildlichen Kinder geschafft hatte. Sie war die erste beim Frühsport, ihr Bett war immer makellos gebaut, ihre Hausaufgaben immer vollständig und die Schuhe stets geputzt. Sie nörgelte nie, wenn sie früh mit den anderen das Heim verließ und auf der Landstraße zur Schule in die Stadt marschierte. Die Kinder liefen bei Wind und Wetter täglich drei Kilometer hin und drei zurück. Ich sehe sie noch vor mir, wie sie sich den Oktoberstürmen entgegenstemmten, und da, wo die Straße anstieg, hielten sie sich an den Händen.

Nelly mochte ungefähr zwei Wochen im Heim gewesen sein, als die Kinder begannen, sich mit Plänen für die Herbstferien zu beschäftigen; sie entwarfen bunte, übertriebene Wunschbilder. Die meisten Kinder durften nach Hause fahren, nur Nelly und zwei andere Kinder mußten im Heim bleiben. Die Familien konnten noch so zerrüttet, arm oder kriminell sein, die Kinder wollten immer heim zu ihren Eltern und Geschwistern. Nelly war in dieser Zeit besonders schweigsam. Ich hatte mir ihre Akte ausgeborgt. Sie hatte noch vier Geschwister, alles Mädchen, das älteste achtjährig und das jüngste noch ein Säugling. Vater und Mutter waren Alkoholiker, die oft tagelang nicht zu Hause waren; Nelly hatte wohl die meiste Zeit mit ihren Geschwistern verbracht und diese auch versorgt. Herr Stempel hatte bereits seine erste Einschätzung für das Jugendamt geschrieben; er fand Nelly diszipliniert, aber äußerst labil. Von einem Familienurlaub riet er ab.

Einen Tag vor den Herbstferien kam Nelly zu mir und

klagte über Kopfschmerzen, Übelkeit und ein Rauschen im Ohr. Ich schickte sie zum Arzt, der ihr Tabletten und Dampfbäder verschrieb, aber es schien nicht besser zu werden. Abends sah ich sie in der Ecke des Gruppenraums sitzen, von einem gelblich fahlen Licht beleuchtet, und ich war mir nicht sicher, ob sie wirklich so blaß war oder ob das Licht ihr diese Blässe gab.

Am nächsten Tag kamen die Kinder ohne Nelly aus der Schule, und ich war nicht besonders überrascht. Herr Stempel benachrichtigte wie üblich gegen Abend die Polizei; es passierte ab und an, daß Kinder erst zum Abendbrot ins Heim kamen, ein Vergehen, das mit Taschengeldentzug bestraft wurde. Beim Abendessen ging Nellys Name im Stimmengemurmel und Geklapper der Tassen und Teller unter, die Kinder waren mit sich selbst beschäftig und aufgeregt, weil sie am nächsten Tag nach Hause fahren würden. Auch ich fuhr am nächsten Tag zu meiner Familie, und als ich nach einer Woche wiederkam, war auch Nelly wieder da. Die Polizei hatte sie zwei Tage nach ihrer Flucht in ihrem Heimatort aufgegriffen. Sie war ungefähr vierzig Kilometer zu Fuß gelaufen und den Rest der Strecke schwarz mit dem Zug gefahren. In ihrer Akte stand, daß sie seelenruhig mit ihren Geschwistern durch die Straßen spaziert sei, das Jüngste im Kinderwagen, und als der Streifenwagen neben ihr gehalten habe, sei sie nicht weggerannt, sondern habe mit fester Stimme behauptet, sie wäre die Mutter dieser Kinder. Eigentlich kam mir Nelly unverändert vor, obwohl sie Schatten unter den Augen hatte. Wie immer stopfte sie sich mit Essen voll, dabei nahm sie kein Gramm zu, im Gegenteil, ihre Arme und Beine wurden immer länger und dünner. Überhaupt wirkte ihr Kopf ziemlich weit von den Füßen entfernt, als hätte der eine Teil ihres Körpers nichts mit dem anderen zu tun. Sie schaufelte sich zum Mittagessen den Teller so voll, daß fast immer etwas herunterfiel. Gab es Hefeklöße, dann aß sie acht oder zehn davon und steckte sich trotzdem noch einige in die Schürzentasche, für später, wie sie sagte.

Der Heimleiter hatte sie aus der Liste der vorbildlichen Kinder gestrichen, dafür stand ihr Name jetzt in der Mittelgruppe, in der sich weder die guten noch die schlechten Kinder befanden. Es schien ihr nichts auszumachen, sie blieb fleißig und unauffällig, stets war ihr Schrank aufgeräumt, und sie übernahm weiterhin freiwillige Aufgaben; sie fütterte die Fische und hielt das Aquarium sauber. Eines Abends entdeckte ich sie im Dunkeln bei den Fischen, und in dem blassen grünen Lichtschein sah ihr Gesicht traurig und verweint aus. Ich setzte mich neben sie, und wir schwiegen eine Weile. Dann sagte sie, es sei ihr gleichgültig, daß sie nicht mehr auf der Liste der vorbildlichen Kinder stehe, und komischerweise glaubte ich ihr das auch. Aber Kopfzerbrechen würde ihr bereiten, daß sie für ein Gefühl bestraft worden sei, für das sie nichts könne. Die Sehnsucht nach ihren Geschwistern sei so groß gewesen, daß sie es einfach hätte tun müssen. Außerdem brauchten ihre Geschwister sie, und überhaupt sei diese Sehnsucht eine verflixte Sehnsucht. Wenn sie Kinderwäsche sähe oder Babynahrung, würde ihr übel vor Trostlosigkeit. Manchmal würde sie einfach ein Geruch so sehr an ihre Geschwister erinnern, daß sie sich sofort übergeben müsse.

Ich wußte zuerst nicht, was ich zu ihr sagen sollte,

solche Erfahrungen waren mir bisher unbekannt gewesen. Aber irgendwie glaubte ich ihr, daß sie nur so hatte handeln können, und das sagte ich dann auch. Doch ich wußte auch, wenn jeder seinen Gefühlen nachgeben würde, konnte ein riesiges Chaos entstehen. Und so sagte ich nichts weiter.

Am nächsten Tag begleitete ich die Kinder auf ihrem Schulweg. Es war ein klarer, schöner Morgen. Schon bald ließen wir die flachen Ackerflächen hinter uns und kamen an der Apfelplantage vorbei. Als die Kinder anfingen, die letzten Äpfel von den Bäumen zu pflücken, sah ich in Richtung Himmel und summte wie abwesend ein Lied, und als Nelly mir einen Apfel reichte, biß ich hinein und bedankte mich. Die Kinder alberten herum, einige spielten das Steinspiel, das mir Nelly schon einmal gezeigt hatte. Man hob einen Stein vom Boden auf, versuchte, sich die Stelle zu merken, wo er gelegen hatte, dann lief man weiter, um schließlich, nach etwa zehn, fünfzehn Schritten, den Stein genau dahin zurückzubringen, wo er ursprünglich gelegen hatte. Ich fand es ein anstrengendes Spiel, weil ständig ein Kind aus der Reihe scherte und zurücklief. Es gab keine Gewinner dabei, dafür aber ein Gejammer und Gezeter, wenn die genaue Stelle nicht mehr gefunden wurde. Der arme Stein war nun ein Waisenstein, der seine Familie verloren hatte.

Beim Abschied legte mir Nelly ein Steinchen in die Hand und sah mich irgendwie komisch an. Aber das dachte ich erst nachmittags, als die Kinder ohne sie aus der Schule kamen. Diesmal rief Herr Stempel gleich die Polizei, und er schien ziemlich wütend zu sein. Ich hörte ihn laut telefonieren, hörte ihn sagen, daß Nelly ein renitentes Kind sei, das keine Rücksicht verdiene. Dann sprach er von der sozialistischen Moral und der Pflicht jedes einzelnen. Beim Abendbrot redeten die Kinder über Nelly. Einige fanden den Vergleich vom »stillen Wasser« mehr als angebracht, manche hatten ihr diese Flucht überhaupt nicht zugetraut, aber bei allen war ein Funken Bewunderung dabei, und ich hörte sie noch Stunden später in ihren Zimmern über Nellys Ausbruch diskutieren.

An diesem Abend hatte ich die Nachtwache übernommen, die Gänse schrien in dieser Nacht besonders laut, und ich wünschte mir Nelly in Sicherheit, an einem warmen, bergenden Ort. Ich wünschte sie mir auch vernünftiger, obwohl ich eigentlich nicht wußte, was sie an sich ändern sollte. Immerhin schien für sie diese Sehnsucht nach ihren Geschwistern so etwas wie eine Krankheit zu sein. Mit diesem Gedanken schlief ich am frühen Morgen ein. Herrn Stempel erzählte ich nichts davon, ich war mir plötzlich sicher, daß er mich nicht verstehen würde.

Diesmal kam Nelly erst nach einer Woche wieder. Es war der vierte Montag im November, und die Kinder waren noch in der Schule. Ich sah durchs Fenster ein Polizeiauto vor dem Eingang halten und Nelly in Begleitung zweier Polizisten aussteigen. Noch am Morgen hatten dichte Nebelschwaden über den Feldern gelegen, später waren dann die ersten Schneeflocken aus den dunkelgrauen Wolken gefallen. Unser Heimleiter ging sofort nach draußen, noch ehe es klingelte. Er gab nur den beiden Beamten die Hand, und ich konnte beobachten, wie Nelly abseits stand und versuchte, ein paar Schneeflocken mit dem Mund aufzufangen, als würde sie das Ganze gar nichts angehen. Schließlich verabschiedeten sich die Beamten, stiegen in ihr Auto und fuhren mit stotterndem Motor davon. Ich ging nach draußen, hörte die Gänse schreien und dazwischen immer wieder die Stimme von Herrn Stempel, der versuchte, das Geschrei zu übertönen. Ich verstand nur Bruchstücke – daß sie ein Luder sei, daß es Konsequenzen hätte, wenn sie noch einmal ausreißen würde, daß es noch andere Heime gäbe, die besser gesichert seien. Nellys Gesicht war wie versteinert, und ich glaubte sogar, eine Spur Verächtlichkeit darin zu erkennen. Sie zuckte mit den Schultern und ließ ihn einfach stehen. Herrn Stempel schien es die Sprache verschlagen zu haben. Ich glaube, er lief noch fünf Minuten draußen vorm Haus herum durch den Schnee, als müßte er sich erst wieder fassen. Nelly sah an mir vorbei und ging gleich die Treppen hoch zu ihrem Zimmer. Auch später gab sie mir zu verstehen, daß sie nicht reden wollte. Sie lag in ihrem Bett mit dem Gesicht zur Wand und antwortete mir nicht.

Beim Mittagessen wurde sie von den anderen Kindern mit Fragen gelöchert, aber sie aß schweigend und schien niemanden um sich herum wahrzunehmen. Die Kinder betrachteten sie erstaunt und belustigt und vielleicht ein wenig ratlos. Sie konnten ihr Schweigen nicht deuten, und auch ich wußte nicht, ob ihre Niedergeschlagenheit eine Revolte oder gar ein medizinisches Problem war. Beim Abendessen verkündete Herr Stempel, daß der Name der Ausreißerin fortan auf der Liste der schlechten, uneinsichtigen Kinder zu finden sei. Dann hielt er noch eine kleine Rede über die zehn Grundsätze der sozialistischen Moral und schloß mit einem ernsten

Blick, der mir ein wenig pathetisch vorkam, und der Mahnung, sich nie auf solche »Sperenzien« einzulassen. Dann sah er Nelly an, die als einzige während seiner Ansprache gegessen hatte. Sie aß weiter und gab ihm seelenruhig seinen Blick zurück. Sekundenlang schienen alle die Luft anzuhalten, aber dann nickte er mehrmals hintereinander, als würde ihr Verhalten seine Meinung nur bestätigen, und verließ den Raum. Nachdem er die Tür hinter sich geschlossen hatte, wurde es still. In der knisternden Stille konnte ich geradezu spüren, wie Nellys Ansehen gestiegen war.

In der Mittwochkonferenz rief Herr Stempel die Erzieher zu größerer Strenge auf und führte als Beispiel Nelly an, die er im Oktober doch nun wahrlich mit offenen Armen empfangen hätte. Ich war hin- und hergerissen, ob ich Herrn Stempel von Nellys Sehnsucht berichten sollte. Denn die Sehnsucht war doch für Nelly eine Krankheit, auf jeden Fall eine Störung, mit der sie nicht richtig umgehen konnte. Aber dann sagte er auch schon, daß all ihr Heimwehgetue und die angebliche Geschwisterliebe nur schlechtes Theater seien. Als ich das hörte, sagte ich nichts. Ich dachte auch an meine Beurteilung. Nach der Konferenz bat mich Herr Stempel, noch einen Augenblick im Zimmer zu bleiben. Er setzte sich hinter seinen Schreibtisch, bot mir einen Stuhl an und sagte, ohne mich anzusehen, daß er von meinem guten Einfluß auf Nelly gehört habe und ob ich diesen nicht endlich einmal einzusetzen gedenke. Es wäre doch an der Zeit, fügte er hinzu, nach allem, was geschehen sei. Er sah nicht gerade freundlich dabei aus, und wenn Nelly einer jungen Giraffe ähnelte, dann glich er einem verfetteten

Raubvogel, der seine Beute nicht mehr umkreisen konnte und statt dessen darauf wartete, daß die Giraffe strauchelte oder von anderen gerissen wurde. Später grübelte ich darüber nach, warum Herr Stempel eine solche Wut auf Nelly hatte, und auch, warum er sie vor dem Haus als Luder beschimpfte hatte. Das war nicht die korrekte Sprache eines Heimleiters.

Es hatte tagelang geschneit, und die Kinder brauchten nun doppelt so lange für den Schulweg, sie stapften knietief durch den Schnee. Die Wettervorhersage kündigte sogar einen Schneesturm an, der blieb dann aber aus. Aus der Landschaft waren sämtliche Farben verschwunden, kein Ziegelrot glänzte von den Dächern, die Bäume zeigten ihre dunkle Borke nicht, alles war weiß, blendend weiß, und wenn man aus dem Haus trat, war es stiller als sonst. Sogar das Geschrei der Gänse klang gedämpft.

Inzwischen redete Nelly wieder. Ihr Schweigen hatte zwei Wochen angehalten, aber sie redete nicht mit mir. Irgendwann sprach auch ich sie nicht mehr an. Ich war es leid, ihr hinterherzulaufen, schließlich hatte ich ihr nichts getan.

Es war an einem Sonntag, nach dem Frühstück, als die Kinder ihr erneutes Fehlen bemerkten. Ich hatte Herrn Stempel noch nie so wütend gesehen. Er telefonierte sofort mit der Polizei. »Keine Gnade«, schrie er in den Hörer. »Diesmal keine Gnade.« Draußen im Schnee suchte er nach Nellys Spuren, aber die Flocken fielen zu dicht, alles war unbefleckt weiß. Es war ein kalter Tag, die Gänse warfen ihre einsilbigen Laute durch die Luft, und ich wunderte mich einmal mehr über Herrn Stempel.

Das Wort Gnade war sicher nicht sozialistischer Sprachgebrauch. Die Kinder waren aufgeregt und stellten Vermutungen an, wie lange und wie weit sie es schaffen würde, die nächsten Stunden gab es kein anderes Thema. Mittags klingelte Nelly an der Eingangstür, und während die Kinder einander zuriefen, daß sie wieder da sei, ging sie die Treppen nach oben, als sei nichts geschehen. Ich folgte Nelly in ihr Zimmer. Sie hätte einen Waldspaziergang gemacht, antwortete sie auf meine Frage, und ich weiß nicht, was mich mehr erleichterte, daß sie nun endlich wieder mit mir redete oder daß sie gar nicht geflohen war. Doch dann wurde die Tür aufgerissen, und Herr Stempel stand vor uns. Das Lächeln verschwand aus ihrem Gesicht, und ihr Körper versteifte sich. Wie er denn jetzt vor der Polizei dastehe, schrie Herr Stempel sie an, und überhaupt wäre das ja ein ausgeklügelter Plan gewesen, ihn und alle anderen für dumm zu verkaufen. Sie antwortete, daß sie nicht wüßte, wovon er spreche, und sie sagte es mit fester Stimme. Bewunderte ich sie dafür? Fand ich sie eigensinnig, zu eigensinnig? Zumindest wünschte ich mir, sie wäre ein kleines bißchen zugänglicher gewesen, dann wäre die folgende Szene vielleicht nicht passiert. Das Klatschen der Ohrfeige und ihr Aufschrei fielen zusammen. Herr Stempel sah sie mit einer eisigen Ruhe an, eine ganze Weile; erst dann nahm er langsam die Hand herunter und teilte ihr wie beiläufig mit, daß sie in den Weihnachtsferien nicht nach Hause fahren dürfe. Sie reckte ihren Giraffenhals nach hinten, als würde sie Anlauf nehmen, und dann spuckte sie ihm mit einem spöttischen Mund mitten ins Gesicht. Herr Stempel holte ein blauweiß kariertes Taschentuch aus seiner Hosentasche, wischte sich die Spucke aus dem Gesicht, ging ganz langsam, als müsse er sich einen Weg durch die Luft bahnen, in Richtung Tür, zögerte kurz und verließ den Raum. Als Nelly zu schluchzen begann, nahm ich sie in die Arme. Wir setzten uns auf ihr Bett, und sie erzählte mir von ihrem letzten Fluchtversuch. Die Polizei hatte sie bereits am ersten Tag gefaßt und eine Woche lang in einer Art Durchgangsheim mit vergitterten Fenstern untergebracht. Die Heimleiterin sei zuerst auf ihrer Seite gewesen, hätte sogar mit Verständnis auf ihre verflixte Sehnsucht reagiert und ihren Worten geglaubt. Dann aber habe sich Herr Stempel in die Sache eingeschaltet; in mehreren Telefongesprächen mußte er wohl versucht haben, die Heimleiterin zu beeinflussen. Irgendwann hatte sie gesagt, daß Nelly das ausgekochteste, frecheste Geschöpf unter der Sonne sei und bekannt für ihre Lügen. Danach hätte die Heimleiterin kein Wort mehr mit ihr gesprochen.

Nelly schniefte und wischte sich die Tränen aus dem Gesicht. Sie könne nun nicht anders, als Herrn Stempel seine Worte zurückzuzahlen, ihm sozusagen bestätigen, daß sie frecher sei als alle anderen.

Als wir uns umarmten, war ich nicht sicher, wer hier wen hielt, aber da ertönte schon Herrn Stempels Stimme durch den Lautsprecher; ich sollte sofort zu ihm kommen. Nelly lächelte mich an, und ich ging in dem Bewußtsein, daß sie mir vertraute.

Herr Stempel stand in der Mitte des Zimmers, in der Hand noch immer sein Taschentuch. Dieser Vorfall habe nun wirklich ernste Konsequenzen, sagte er und sah sich im Zimmer um, als wären außer uns noch andere anwesend. Ich sollte ihm schnellstmöglich eine schriftliche Beurteilung von Nellys Verhalten geben, die nötig sei für ihre Einweisung in den Jugendwerkhof, und ich würde schon wissen, was das Richtige für mich sei. Dabei sah er weder zornig noch traurig aus und schien sich keine Gedanken darüber zu machen, daß auch er an Nellys Verhalten schuldig sein könnte. Er lebte in einer Welt aus Gesetzen und Moral, aus oben und unten, guten und bösen Kindern, Gesetzesbrechern und Getreuen, und er hatte an diesem Ort die Macht, das eine vom anderen zu unterscheiden.

Ich schlief in dieser und den folgenden Nächten schlecht, wünschte mir, mich im endlosen Geschnatter der Gänse aufzulösen. Während Nelly in den nächsten Tagen und Wochen weiter ihren Eigensinn kultivierte, brachte ich keinen Satz zu Papier. Glücklicherweise fragte mich Herr Stempel auch zunächst nicht nach der Beurteilung, aber immer, wenn ich ihn sah, rechnete ich damit. Die Kinder begannen Nelly zu folgen, betrachteten sie bald als eine Art Anführerin, und es wurde immer unruhiger im Heim. Kleinen Streichen folgten größere, und es war nie auszumachen, wer der oder die Schuldige war. Einem Einbruch in die Kleiderkammer folgte ein nächtlicher Ausbruch der größeren Mädchen. Als die Nachtwache eingeschlafen war, kletterten sie aus dem Fenster des Gruppenraums, schlichen über die Veranda und sprangen von dort einfach in den Schnee. Dann spazierten sie seelenruhig ins nächste Dorf, gingen in die Disko und kamen brav ein paar Stunden später zurück. Die Nachtwache, eine gutmütige Alte, war genau zum Zeitpunkt ihrer Rückkehr erwacht und erwartete sie am Fenster des Gruppenraums. Sie war froh, daß alle heil zurückgekehrt waren. Allerdings müsse sie trotzdem Meldung machen, sagte sie, und schrieb die Namen der Ausreißer auf. All das erzählte mir Nelly am nächsten Morgen, machte mich einmal mehr zu ihrer Vertrauten, und als Herr Stempel die Erzieher zu sich rief und ihnen aufgebracht dieses Abenteuer schilderte, wußte ich nicht, ob ich lachen oder weinen sollte. Alle Kinder wurden mit Taschengeldentzug bestraft und mußten am Wochenende trotz niedriger Temperaturen beim Bau der neuen Garage mithelfen. Herr Stempel besaß zwei Autos, einen blauen Škoda und einen weißen Wartburg, die regelmäßig von den Kindern gewaschen wurden. Sie machten es gerne, und manchmal stritten sie sich sogar, wer die Autos waschen durfte. Diesmal allerdings standen sie, sobald sich sich unbeobachtet fühlten, gelangweilt und gereizt in der Gegend herum.

Am Wochenende fuhr ich zu meinen Eltern. Die Zugfahrt dauerte zwei Stunden, und in diesen beiden Stunden beschlich mich ein Unbehagen, das mich auch zu Hause nicht mehr losließ. Ich hatte Angst um Nelly, und gleichzeitig war ich wütend. Es war mir alles ein wenig zuviel geworden, ihr Eigensinn, ihre Verletzlichkeit, ihr Vertrauen zu mir. Ich wollte diese Verantwortung nicht, aber irgendwie spürte ich, und das wiederum war ein gutes Gefühl, daß ich gar keine Wahl hatte. Wenn ich keine Wahl hatte, sagte ich mir schließlich, mußte ich mich auch nicht entscheiden. Nur wußte ich noch nicht, wofür ich mich nicht entscheiden mußte.

Als ich Montag vormittag ins Heim zurückkehrte, erwartete mich Nelly schon an der Eingangstür. Wir gingen gleich auf ihr Zimmer, und während ich auf ihrem Bett saß, lief sie von einer Ecke zur nächsten und berichtete mir von ihrem neuesten Streich. Sie hatte das Gazefenster zur Speisekammer aufgeschlitzt, ihren Kopf durch die Gitterstäbe gezwängt, den Körper hinterhergeschoben. Sie zeigte mir den geringen Abstand zwischen den Stäben und kicherte. Als sie in der Speisekammer stand, hatte sie sich so viele Schokoladentafeln genommen, wie sie tragen konnte, und diese draußen unter den Kindern verteilt. Da die Schokolade stapelweise im Regal gelegen hätte, wäre der Diebstahl auch nicht aufgefallen, aber das durchtrennte Gazefenster hatte sie natürlich verraten. Herr Stempel hatte wohl die Version geschluckt, sie habe nur den Stoff durchgeschnitten und weiter nichts. Was für ein phantasieloser Trottel, dieser Stempel, stellte sie kichernd fest. Ich schwieg zu ihrem Bericht. Sie hatte sich verändert, war selbstbewußter geworden, aggressiver.

Mittags rief mich, wie ich es schon erwartet hatte, Herr Stempel zu sich. Er brauche meine Beurteilung in spätestens drei Tagen, mit all den bekannten, unschönen Details, von denen ich sicher mehr als die anderen Erzieher wüßte. Und ob ich schon von dem neuesten Irrsinn der Verrückten gehört hätte? Ich verneinte seine Frage. Es waren noch zwei Wochen bis zu den Weihnachtsferien, und ich wollte wissen, ob Nelly ihre Familie besuchen dürfte. Er sah mich verblüfft an, als würde er mich zum ersten Mal richtig wahrnehmen. Dann schüttelte er nur wortlos den Kopf und sagte, daß auch er bald meine Beurteilung schreiben würde. Die nächsten zwei Tage schneite es ununterbrochen, und die Kinder waren ständig beim Schneeschippen. Der Teich war zugefroren, die Kinder liefen Schlittschuh, und während ihr fröhliches Geschrei weithin zu hören war, saß Nelly neben mir und schmiedete Pläne. Ihr ganzes gespartes Taschengeld würde sie für die Weihnachtsgeschenke ihrer Geschwister ausgeben. Diesmal würde sie ihre Flucht geschickter anstellen. Irgendwann zeigte sie mir ihren gepackten Rucksack, in dem sich Handschuhe, dicke Socken und ein Wollpullover befanden.

Am Abend ging ich zu Herrn Stempel. Er saß hinter seinem Schreibtisch, sah kurz hoch, dann wieder auf seine Papiere. Ich sagte ihm, daß er die Beurteilung bald bekommen würde, ich brauchte nur noch etwas Zeit. Er nickte und las weiter. Ich blieb eine Weile stehen, einfach so, nur um zu sehen, was passieren würde, aber es passierte nichts. Für einen Augenblick glaubte ich Nelly besser verstehen zu können, sogar ihren Eigensinn. Trotzdem wunderte ich mich über die Selbstgewißheit von Herrn Stempel, er schien sich auch meiner ganz und gar sicher zu sein. Hätte dieser Heimleiter seine Strategien geschickter gewählt, weniger taktlos und nicht so herablassend, vielleicht hätte ich dann versucht, Nelly zu beeinflussen; aber das war nur eine Vermutung.

Der Abend ihrer Flucht unterschied sich nicht von den vorangegangenen Abenden. Die Mädchen kamen in ihren Schlafanzügen vom Waschen aus dem Erdgeschoß die Treppen herauf, redeten und lachten mit erwartungsvollen Gesichtern; in wenigen Tagen würden sie zu Hause sein. Zum Weihnachtsfest durften diesmal alle fahren, alle außer ihr. Nelly war mittlerweile im Kreis der Mädchen aufgenommen worden, die sie nun samt ihres

Eigensinns akzeptierten, und manchmal kam es mir so vor, als würden sie Nellys Gang und ihre Sprache imitieren, vor allem dann, wenn sie wütend waren.

Ich hatte mich von der Nachtwache verabschiedet und löschte das Licht im Gruppenraum, blieb im Dunkeln stehen und brauchte eine Weile, um mich zurechtzufinden. Mondlicht fiel durch das Fenster, die Leuchtfische blinkten im blassen grünen Licht des Aquariums, es war still im Haus. Am Bücherschrank steckte der Schlüssel, hinter der Glasvitrine lag die Verleihliste. Ich ordnete die Kissen auf dem Sofa, verließ den Raum und ging die Treppen nach unten, dann zog ich mir die Mütze tiefer ins Gesicht, es war immer noch alles still. Ich schloß die Haustür hinter mir. Nelly war schon seit zwei Stunden fort, sie hatte diesmal auch die Mädchen eingeweiht. Auf meine besorgte Frage hatte sie geantwortet, nein, sie hätte keine Angst draußen in der Kälte und Dunkelheit. Ihr gefielen die nächtlichen schneebedeckten Landstraßen, sie freue sich sogar auf die Ruhe, in der sie so gut nachdenken könne.

Ich würde in dieser Nacht Nellys Beurteilung schreiben. Und ich dachte an ihr Vertrauen mir gegenüber und daran, daß ich nun ganz sicher Erzieherin werden wollte. Während ich durch den Schnee stapfte, das Kinderheim und das Gänsegeschnatter hinter mir ließ, begannen große Schneeflocken durch die Nacht zu taumeln. Ich versuchte, sie mit dem Mund zu fangen, und stellte mir vor, wie Nelly in diesem Augenblick das gleiche tat.

Dich kriegen wir auch noch

Wochenlang glühende Sommertage, dann endlich die erste Morgenkühle, ein noch unentschlossener Himmel. Schließlich der Wettersturz, dunkle Wolken, Gewitterregen, ein durch die Straßen jagender Wind, der kleine und große Bäume entwurzelte. Sogar der Baum vor »Jahns Ruhe«, eine alte Platane von immerhin einem Meter Durchmesser, stürzte krachend auf das Glasdach der Gartenkneipe. Es war Montag früh, und kein Mensch saß unter dem Dach. Ich hatte mich in der hinteren Ecke des Hofes eingerichtet, in einem ehemaligen Hundezwinger, der sauber war und robuste Holzwände hatte; einem Ort, dem niemand besondere Beachtung schenkte. Im Grunde genommen war ich froh, als der Glatzkopf, einer der beiden Polizisten, die die Sturmschäden am Glasdach aufnahmen, mich entdeckte. Ich war seit drei Wochen nicht zu Hause gewesen, ich war mir sicher, daß längst eine Fahndung nach mir lief. Ich hatte Lust, endlich wieder in einem richtigen Bett zu schlafen.

Der Polizist rief erst meinen Namen, dann winkte er seinen Kollegen zu sich, ich kannte beide, stand nicht zum ersten Mal vor ihnen. Während ich meine Sachen glattstrich und Blätter aus meinem Haar entfernte, sagte ich zu ihren Fragen ja und amen, sagte es einmal zu viel. Es war merkwürdigerweise der Glatzkopf, der mich zurechtwies. Er habe sich die Hose nicht mit der Kneifzange angezogen – ich solle Namen und Adressen meiner Freunde angeben, die mir geholfen hätten, mich zu verstecken. Als ich störrisch blieb, nahmen sie mich mit aufs Revier. Der Pförtner kannte mich, und auch die kettenrauchende Sekretärin, ich war schon lange nicht mehr schüchtern. Ich erzählte die Geschichte, die ich immer erzählte, und unterschrieb das Protokoll unter dem Konterfei unseres Staatsratsvorsitzenden. Der Hintergrund des Bildes strahlte in einem allmächtigen sozialistischen Blau, das Lächeln des Staatsratsvorsitzenden kam mir unheilbar vor.

Eigentlich schien alles wie immer. Ich bereute, gab nie alle Lügen preis, bedankte mich für das Glas Limonade. Ich machte mein Unbehagen zuerst an der Stimme des Glatzkopfes fest, der anders als sonst sprach, mich anders ansah. Ich folgte ihm in den Nebenraum, wo er noch Detailfragen mit mir klären wollte. Es gab nur zwei Stühle, und vor dem Fenster hingen karierte Gardinen, die an Küchendecken erinnerten. Er saß genau vor mir, seine Hand tätschelte kurz mein Knie und dann noch einmal, und von diesem Moment an hatte ich Mitleid mit ihm. Ich durchschaute das Spiel, obwohl ich es nie zuvor gespielt hatte. Die letzten Male, als der Glatzkopf mich verhört hatte, hatte er mir Geschichten von seinen Kindern erzählt, mich nach meinen Schulleistungen gefragt, und es war unmöglich gewesen, ihn nicht väterlich zu finden, freundschaftlich, kumpelhaft. Diesmal fragte er mich, ob ich tätowiert sei, und sagte, daß er meinem

Geburtsdatum nicht trauen würde. Er sprach langsam, und seine Stimme schleifte. Es gab nichts an mir, was besonders entwickelt gewesen wäre, ich war kein frühreifes Ding mit Brüsten und Babyspeck, es gab keinen Lolitamund, kein kurzes Röckchen, das irgend etwas betont hätte. Fotos von damals zeigen mich jungenhaft, nicht besonders hübsch, mit einem mißtrauischen, etwas verschlagenen Blick. Die Frage nach der Tätowierung blieb in der Luft, er sagte, es gäbe in den Fahndungsunterlagen die genaue Beschreibung eines blau gestichelten Ankers, nicht besonders kunstvoll ausgeführt, der sich auf dem Bauch einer Diebin befinden würde, auf dem Bauch ziemlich weit unten. Er würde mich mögen, trotz alledem, immerhin sei er es doch gewesen, der mich damals vor fünf oder sechs Jahren gefunden und zurück nach Hause gebracht hätte. Ich versuchte, die Gitterstäbe hinter den Gardinen zu erkennen und seinem Blick auszuweichen, der den unteren Teil meines Bauches fixierte.

Als ich das erste Mal ausgerissen war, sechsjährig, kurz vor Weihnachten, in der Zugtoilette von Leipzig nach Berlin, hatte er mich zurückgebracht. Neben mir im Abteil hatte ich ihn von Vertrauen und Freundschaft reden gehört, er hatte seine Brote mit mir geteilt und später meine Mutter aufgefordert, behutsamer mit mir umzugehen. Über die Jahre waren wir uns immer wieder begegnet, er begrüßte mich allmählich wie eine gute Bekannte. Er kannte jede größere Wendung, jeden bedeutsamen Zwischenfall in meinem Leben. Er war es gewesen, der mich vor zwei Jahren aus dem Kindergefängnis herausgeholt hatte, ohne höhere Befugnis, wie ich später erfuhr, im Alleingang sozusagen. Zwei schlechtgelaunte Beamte in Uniform hatten mich gegen Ende der Sommerferien aufgegriffen. Sie hatten mich im Morgengrauen schlafend im Eingang des Konsums gefunden und mich ohne viel Worte in die Neudorfgasse gebracht, wo sie mich gegen eine Unterschrift einer dicken Frau übergaben.

Aber was genau dort geschehen war, wußte der Glatzkopf nicht, und während er immer heftiger atmete, dachte ich daran, wie ich an jenem frühen Morgen, gerahmt und gehalten von beiden Polizisten, vor dem Flachbau aus den sechziger Jahren gestanden hatte. Es war noch sehr früh gewesen, nicht einmal vier, zu früh für alle Aufnahmeformalitäten, und so hatte die Dicke mich gleich in eine Zelle gesperrt, in der eine schmale Pritsche stand und ein Eimer mit einem Deckel. Ich mußte meine Sachen ausziehen und gegen ein langes Nachthemd eintauschen. Ich war müde und begriff nichts. Was hatte ich denn getan: Ich war einer Mutter davongelaufen, die Freude am Quälen hatte, die ihre tagtäglichen Erfolge an meiner Verzweiflung maß. Es war zwecklos, dies der Dicken begreiflich zu machen.

»Solche Sprüche geben alle von sich. Jeder, der hier landet, fühlt sich ungerecht behandelt«, sagte sie, genoß ihr Lächeln und klopfte mir auf die Schulter.

Die Wände waren mit Zeichen und Sprüchen verziert, ich setzte meinen ersten dazu. Ich weigerte mich, den Eimer zu benutzen, und spuckte in Richtung des Spions, wenn die Klappe an der anderen Seite der Tür bewegt wurde. Das Essen warf ich der Dicken ins Gesicht.

»Dich kriegen wir auch noch«, sagte sie, während sie

sich die Marmelade aus dem Gesicht wischte und die Zelle verließ.

Natürlich bekamen sie mich. Irgendwann war ich es leid, auf dem Boden zu schlafen, und die Pritsche stank nach Urin und Erbrochenem. Sie hatten mir sogar die Zopfgummis abgenommen, weil ich versucht hatte, mir damit die Pulsadern abzuschnüren. Als ich das dritte Mal brav in den Eimer gepißt hatte, wurde die Tür geöffnet, und ein Mädchen brachte mir ein blaues Hemd, eine blaue Latzhose und Pantoffeln. Sie war älter als ich, und während ich mich anzog, versuchte sie mich auszufragen. Auf ihre Frage, warum ich im Loch gelandet sei, merkte ich, wie mir die Tränen aufstiegen, und ich begann sie zu beschimpfen, wenn auch halbherzig und ohne Grobheit. Sie gab mir zwei, drei Sätze zurück, schnelle, eiskalt gesetzte Peitschenhiebe, schloß die Tür bedrohlich langsam und sah mich an dabei. Es war mir egal. Ich verstand einfach nicht, warum ich bestraft wurde. Ich hatte gewisse Autoritäten immer geachtet, nicht zuletzt, weil sie Schutz versprachen. Auf eine diffuse Weise hatte ich sogar an den Sozialismus geglaubt, denn er schien alles auszumachen, was ich war. Die Straßen, Gehwege, Wälder, die Schule, die Sachen, die ich trug, der Geruch einer Zwiebel, alles war irgendwie sozialistisch. Insofern war natürlich auch meine Mutter sozialistisch und ihre Schläge und all ihre Schweinereien, aber es gab eben auch Glatzköpfe, die mir halfen, halfen im Namen des Gesetzes. Vielleicht wollte ich auch nur an irgend etwas glauben, aber Gott war unbekannt verzogen, wahrscheinlich wohnte er im Westen, und die Erwähnung des Heiligen Geistes löste bei mir nur Lachkrämpfe aus.

Noch einmal beteuerte ich meine Unschuld, als die Dicke vor mir stand, um mich aus der Zelle zu holen, doch sie zeigte nur ein wissendes Lächeln, das mein Scheitern vorwegnahm, für immer und alle Zeiten. Als wir die nach Bohnerwachs riechenden Treppen hinuntergingen, hielt sie mich am Arm fest; es kam mir übertrieben vor, schließlich waren die Fenster und Türen vergittert. Wir betraten einen hell erleuchteten Raum, Stimmengewirr und schlechte Gerüche erfüllten die Luft. Mädchen jeden Alters saßen an Tischen und falteten Kartons. Die Dicke nannte meinen Namen, als wäre er ein schlecht gestopftes Loch in einem Strumpf, und wies eines der Mädchen an, mir die perfekte Kartonfaltung zu zeigen. Dann verließ sie den Raum, und ich stand inmitten der Mädchen, die ihre Gespräche wieder aufgenommen hatten, als gäbe es mich nicht. Olga, ein vielleicht achtjähriges mageres Ding, zeigte mir die paar Kniffe, die nötig waren, um die Kartons zu falten. Der Stuhl neben Olga war leer, und so setzte ich mich neben sie, faltete die Pappen, sah weder nach links noch nach rechts, ließ die Zeit vergehen. Olga redete mit den anderen, nie mit mir, und als ein lautes Klingeln die übrigen Geräusche unterbrach, verließ sie sofort ihren Platz, ohne ein Lächeln, ohne einen Blick für mich.

Eine Erzieherin zeigte mir mein Bett in einem der Schlafräume, dann den Eßraum, der aus zwei langen Tafeln bestand. An den Wänden, wieder vom sozialistischen Blau umrahmt, unser Staatsratsvorsitzender, daneben Makarenko in Schwarzweiß. Ich stand hinter meinem Stuhl, murmelte mit den anderen Mädchen im Chor einen Spruch, in dem wir dem Staat dankten, den

Arbeitern und auch den Bauern, dann setzten wir uns. Mein Stuhl war wacklig, die pampigen Kartoffeln stanken nach Schweinemist, und während ich auf meinem Teller herumstocherte, sprach ich meine Nachbarin an. Ich weiß nicht mehr, was ich sagte, aber sie antwortete nicht, sondern sah quer über den Tisch zu dem Mädchen, das mir das Essen in die Zelle gebracht hatte. In diesem Licht sah das Mädchen nicht viel älter aus, aber ihr Gesicht trug den Ausdruck von hochmütiger Trostlosigkeit. Ihr gelbgefärbtes Haar stand glanzlos nach allen Seiten, und ihre Haut war trocken und dünn vor Widerstand. Sie hielt lächelnd die Gabel in meine Richtung, ohne daß das Lächeln ihre Augen erreichte. Ich ahnte vage, was geschehen würde. Keines der anderen Mädchen sprach mit mir, weder am Nachmittag im Arbeitsraum noch beim Abendessen, nur die Gelbhaarige rieb dauernd ihren Nacken und sah dabei in meine Richtung, spöttisch und mit schmalem Mund. Die Erzieherin gab mir für die Woche Handtücher, Hemden und Unterhosen. Auf jedem Wäschestück war die Nummer vierunddreißig auf einem Schildchen eingenäht. Ich war also die Vierunddreißig, und keines der anderen numerierten Mädchen teilte die Dusche mit mir. Ich hörte sie im Waschraum lachen und kichern, während ich mir zwei, drei Tränen gestattete, die mir gemeinsam mit dem Duschwasser über die Wangen rannen, und ich mir verzweifelt wünschte, in den Kreis der Mädchen aufgenommen zu werden.

Als ich im Nachthemd den Schlafraum betrat, die blaue Kleidung zusammengefaltet unter dem Arm, redeten sie miteinander, ohne mich anzusehen, saßen vor einem Radio, summten irgendwelche Melodien, die ich nicht kannte. Ich hängte die Sachen über eine Stuhllehne und setzte mich auf das mir zugewiesene Bett. Im Neonlicht sah die Gelbhaarige nun doch wieder älter aus, so um die sechzehn, siebzehn, sie saß auf dem Bett mir gegenüber, hinter sich zwei Mädchen, die ihr den Rücken massierten. Sie fluchte, wenn die Griffe nicht richtig waren, fest sollten sie sein und gleichzeitig sanft, fest, aber nicht zu fest. Mit einer Handbewegung verscheuchte sie schließlich die Mädchen und entnahm einer Schachtel, die auf ihrem Nachtschrank lag, zwei große Tabletten. Mit gesenkten Lidern verfolgte ich, wie sie sich zurücklehnte, das Nachthemd über den Bauch hob, die Beine ausgebreitet auf das Laken stellte, sich mit einer Hand ihrer Unterhose entledigte und die Tabletten in ihre Vagina schob. Sie heftete ihren Blick auf mein Gesicht, und dann verschwanden ihre Finger, ihre ganze Hand in dem Spalt. Ich legte mich hin und stellte mich schlafend. Das Quietschen der Straßenbahn vorm Fenster vermengte sich mit den Schlagermelodien aus dem Radio und dem Getuschel der Mädchen, das anschwoll und sich wie ein großer schwerer Stein auf meine Stirn legte. Irgendwann kam die Erzieherin und wünschte mit müder Stimme eine gute Nacht, dann wurde das Licht gelöscht. Ich versuchte mir alles mögliche vorzustellen, um einschlafen zu können, aber plötzlich war es dafür zu still im Zimmer. Dann tapsten nackte Fußsohlen über den Boden, Stoffgeraschel, kaum hörbare Atemgeräusche, das Licht ging an, und sie standen vor mir, alle Mädchen, stumm, ohne sich zu rühren, und sahen mich an. Sie standen eine ganze Weile so, dann drehte sich die Gelbhaarige zu Olga, befahl ihr, sich auf ein Bett zu stellen und sich auszuziehen. Ich begriff nicht alles, aber die Kleine hatte wohl beim Überbringen eines Liebesbriefes der Auserwählten zu tief in die Augen gesehen. Olga gehorchte, und dann sah die Gelbhaarige zu mir und sagte: »Das alles und noch mehr wird dir auch blühen, wenn du hier die Eingebildete spielst.«

Ich kam nicht dazu, etwas zu erklären, denn die Mädchen hatten sich Olga zugewandt, die inzwischen auf dem Bett stand, nackt, mager, die Frühgeburt einer drogensüchtigen oder rachitischen Mutter, den Blick abgewandt in ihre eigene isolierte Welt. Die Mädchen umstanden das Bett und feuerten sie an, und langsam begann Olga zu tanzen. Sie versuchte, obszön zu sein, einen Körper zu haben, aber die Bewegungen blieben mechanisch und losgelöst von ihr. Niemand konnte sie erreichen, und wahrscheinlich kapierte das die Gelbhaarige, denn sie sagte: »Schluß«, und sofort wurde es still. Ihr Kopf befand sich in der Höhe von Olgas Nabel, als sie sagte: »Zeig uns, wie du es dir machst. Und ich will, daß du richtig zur Sache kommst.«

Die Kleine legte ihre Hand zwischen die Beine, auf ihr noch unbehaartes Geschlecht, ließ ihre zwei Schwurfinger kreisen. Breitbeinig dastehend, warf sie mir einen kurzen Blick zu, in dem ich nichts außer Verachtung entdeckte. Dann verschanzte sie sich wieder in ihrer Einsamkeit, von den Mädchen umringt, die in ihrem Spott ausharrten. Sie machte sich an ihrem Atem fest, glitt in ihn hinein, in einen Atem, der heftiger wurde, schneller, jagender. Ich wußte noch nichts von dieser Erregung, begriff auch nichts, als Olga kam, mit einem lautlosen

Schrei und einem unbewegten, sich allem entziehenden Gesicht. Auch später, als ich im Bett lag, neben mir Mädchenkörper, Brüste, Beine, Gerüche, Lippen auf meinen Lippen, bis ich sie nicht mehr spürte, auch da verlor ich meine Unschuld nicht. Und während die Hand des Glatzkopfes etwas zu lange auf meinem Knie lag und er seine Gier mit wohlmeinenden Floskeln tarnte, sah ich über seine Schultern, durch die karierten Gardinen, sah meine nächsten, von Kindheit getilgten Jahre, den endgültigen Abschied, der jetzt genauso unausweichlich zu meinem Leben gehören wird wie du, mein Glatzkopf.

Hölle oder Himmel

Es ging auf Ostern zu, und mein Vater würde sich verändern. Verwandelt in einen anderen, würde er beginnen, Fachbücher zu lesen, Stricke auf ihre Reißfestigkeit zu überprüfen, wie ein Apotheker würde er Medikamente auf eine kleine Waage häufen oder sich Blumensträuße mit stark duftenden Blüten kaufen, die dann auf dem Nachtschränkchen neben seinem Bett ständen. Die Vorbereitungen würden am Karfreitag in den Morgenstunden beginnen, und der Versuch, sich aus dem Leben zu schaffen, würde den Ostersonntag mit einigem Durcheinander beenden.

Ich muß ungefähr fünf gewesen sein, als er damit begann. Er schickte mich mitten in der Nacht durch die menschenleeren Straßen zur Apotheke und ließ mich an der Tür mit dem roten Kreuz klopfen. Wir wohnten zu dieser Zeit in einer Kleinstadt, und als ich das dritte Mal mit der Ausrede erschien, ich hätte die Tabletten verloren, alarmierte der Apotheker die Polizei. Ich war sechs, als mein Vater nachmittags mit einem großen Rucksack loszog, der mit Steinen gefüllt war, um sich in einem Teich zu ersäufen. In meinem siebten Lebensjahr versuchte er sich auf der Eckbank seiner Lieblingskneipe die

Pulsadern aufzuschneiden; er setzte an jedem Handgelenk waagerechte Schnitte. Im Jahr darauf sprang er aus dem dritten Stockwerk und brach sich beide Beine und einen Fuß. Eine Pilzvergiftung schenkte er mir in meinem neunten Jahr zu Ostern, und im zehnten atmete er irgendwelche Dämpfe ein, die seine Augen reizten und ihn maßlos wütend machten. Wahrscheinlich bereitete er sich deshalb zu meinem elften Osterfest wieder sorgfältiger vor.

Diesmal traf er seine Vorkehrungen schon eine Woche vor dem Fest. Er schleppte mit Flaschen gefüllte Netze und Taschen heran. In den Flaschen war Bier, Weinbrand und ein klarer Fusel, der sich Bergarbeiterschnaps nannte, zu einer Mark achtundzwanzig die Flasche. Er stellte sie ordentlich aufgereiht auf den Tisch, die Etiketten nach Osten ausgerichtet. In diesen Tagen aß er wenig. Seine Aufmerksamkeit galt einzig den Flaschen, die die gesamte Tischfläche bedeckten und die er zu immer neuen Mustern verschob. Zwischendurch saß er auf dem Sofa und las. Manchmal ließ er das Buch auf die Knie sinken und starrte in die Luft. Dann wieder redete er mit unsichtbaren Gestalten, die er mit Namen ansprach. Ab und an lachte er laut oder rief mich zu sich und begann zu dozieren. Dann stellte er beispielsweise fest, daß früher die Selbstmörder als Wiedergänger gefürchtet waren, weshalb man ihre Leiche verbrannte oder in einem Faß ins Wasser warf. Er war stolz auf dieses Wissen; jede Kreatur brauche ein Spezialgebiet in ihrem Leben, sagte er. Alle Tiere hätten ihre besondere Begabung, jeder kleine Spatz sei ein Meister im Nestbau, jeder Maulwurf ein Meister im Löchergraben.

Schließlich war es wieder soweit. Er wusch und rasierte sich, zog einen gebügelten Schlafanzug an. Alle Möbel hatte er mit Glanzmittel poliert, auf dem Fußboden kein Stäubchen. Die Bücher und Schallplatten standen geordnet im Regal. In einem Blumenkasten vor dem Fensterbrett wuchsen Osterglocken. Die Messinglampe an der Decke leuchtete, er hatte sie stundenlang geputzt. Die ganze Wohnung war sauber wie frisch gefallener Schnee.

Er legte sich auf das Sofa, öffnete die erste Flasche und begann zu trinken. Er trank eine ganze Flasche Goldbrand, leerte sie bis auf den letzten Tropfen. Die nächste Flasche trank er nur halb aus und begann unverständliche Worte zu lallen, ich gab mir keine Mühe, sie zu entschlüsseln. Während er mit sturem Ernst versuchte, die Laute aneinanderzureihen, schlich ich mich davon und ging spielen; in den Hinterhöfen kletterten wir über Zäune, Dächer und Hofmauern, gelangten so von Straße zu Straße, klopften an Fensterscheiben und erschreckten die Leute.

Spät abends, als ich nach Hause kam, lag er immer noch auf dem Sofa und konnte schon nicht mehr sprechen. Er war nur noch beseelt von dem Willen, das Dilemma endlich zu beenden. Das Dilemma aber, wie er sein Leben nannte, verließ ihn einfach nicht. Auf den Übergang komme es an, hatte er einmal zu mir gesagt. Er mußte sozusagen schon mit einem Bein in der Hölle oder im Himmel stehen, um weiterleben zu dürfen. Ich glaubte, daß er immer vor dem Höllentor gestanden hatte und nur deshalb wiederkam; er war einfach keiner von denen, die nach oben kamen.

Irgendwann hatte er die Hälfte der Flaschen ausgetrunken und beiseite gestellt. Seine Augenlider zuckten, als er sich aufrappelte, um die nächste Flasche anzusetzen. Er trank, übergab sich in eine Schüssel, trank weiter, wartete. Er mußte sich dann entschieden haben, nicht mehr auf die Toilette zu gehen. Es stank so sehr, daß ich mit angehaltenem Atem durch die Wohnung lief. Am Ostersonntag sah ich im Vorbeigehen nur noch seinen Hinterkopf mit dem schütteren Haar und seinen Arm, der wie willenlos auf der Decke lag und sich nur ab und an aufbäumte, um an eine der Flaschen zu kommen. Die Flaschen waren inzwischen leer, gegen Abend ließ er seinen Blick durch das Zimmer schweifen, rülpste und setzte sich langsam auf. An den darauf folgenden Tagen benahm er sich freundlich und tapsig, als wäre er einer unheilbaren Krankheit entronnen. Er sah fast zufrieden aus.

Seit seinem Versuch, als Alkoholleiche dem Tod zuzuwinken, war ein Jahr vergangen. Es ging wieder einmal auf Ostern zu, und ich wartete.

In diesem Jahr war nicht viel passiert, eine Fensterscheibe war zerbrochen, die mein Vater erst mit Pflaster überklebte, später dann selbst kittete; ein Nachbar verlor beide Beine bei einem Verkehrsunfall und mußte seitdem im Rollstuhl sitzen; der letzte private Betrieb, eine kleine Firma, die Sanitärwaren herstellte, wurde Volkseigentum; für jedes Neugeborene gab es 1000 Mark Beihilfe.

Es waren nur noch wenige Tage bis Ostern. Mein Vater sah gar nicht gut aus. Obwohl es für diese Jahreszeit ungewöhnlich kalt war, steckten seine nackten Füße in

Sandalen, aus denen seine schmutzigen und viel zu langen Zehennägel ragten. Er hatte seit drei Wochen weder Hemd noch Hose gewechselt. Sein Gesicht wirkte konzentriert, während er, die Hände zu Fäusten geballt, durch die Wohnung lief. Er las Bücher und Zeitschriften im Stehen, roch im Vorbeigehen an Blumen, prüfte die Dichte der Türen und Fenster, summte unbekannte Melodien. Er log in dieser Zeit, daß sich die Balken bogen. Als ich ihn fragte, ob er seine Herztabletten noch einnehme, sagte er, Tabletten habe er noch nie nötig gehabt, er habe ein Herz wie ein Pferd.

Irgendwann stellte ich keine Fragen mehr. Trotzdem hatte ich den Eindruck, als beobachtete er mich. Seine Arbeit vernachlässigte er völlig. Er legte sich dieses Jahr für seine Krankschreibung ein Magenleiden zu. Er war Malermeister in einem kleinen Betrieb, und irgendwie war es ihm gelungen, jedes Jahr nur diese eine Krankschreibung einzureichen. Ich wünschte mir, Ostern möge bald vorbei sein. Es machte mir dieses Jahr mehr aus als in den vorangegangenen Jahren, und ich hatte seine Verrücktheiten einfach satt. Ich wollte endlich einmal zu Ostern meine Ruhe haben und Ostereier suchen. Ich wußte nicht, warum er so sehr an diesen selbstmörderischen Ritualen hing. Er hatte nie einen Abschiedsbrief geschrieben. Wollte er mir nur jedes Jahr mein Osterfest vermiesen?

Den ganzen Tag verbrachte er jetzt in der Küche. Er klopfte die Wände ab, verrückte Stühle und Tisch, untersuchte den Fußboden. Ich hatte längst mit mir selbst Wetten abgeschlossen, für welche Methode er sich diesmal entscheiden würde, und für Gift gestimmt, während der andere Wettpartner in mir Strom favorisierte. Was auch immer es sein würde, ich hatte dieses Jahr keine Lust, geduldig zu warten. Ich begann, ihm beim Ausmessen der Fenster zu helfen, kontrollierte seine Ergebnisse auf dem Papier, half ihm, den Zollstock zu halten, die Oberfenster zu öffnen. Er beäugte mich mißtrauisch, aber er ließ es geschehen. Allzugern hätte ich gewußt, wofür die Maße bestimmt waren, was diesem Gewerkel folgen sollte. Ich konnte ihn unmöglich fragen, wie er es dieses Jahr tun wollte. Statt dessen sagte ich: »Ich würde mich gern nützlich machen.« Er tat so, als hätte er nichts gehört, schaltete das Radio ein und machte weiter.

Ich gab nicht auf, und am nächsten Morgen war ich früh in der Küche und korrigierte ohne ein Wort eine falsch zusammengerechnete Summe auf seinem Schreibblock. Er besah sich mein Ergebnis und sagte: »Sollte dir noch was auffallen, gib mir Bescheid.«

Was sollte ich tun? Ich fing an Fenster zu putzen und dachte, daß Fensterputzen immer in Ordnung war. Danach wusch ich die Küchengardinen und hängte sie auf dem Trockenboden auf. Später setzte ein starker Regen ein, und mein Vater unterbrach seine Arbeit. Er stand mitten in der Küche und sah zu, wie die Regentropfen gegen die Scheiben prasselten. Gegen Mittag ging er nach draußen, und während er durch den Vorgarten schlenderte, zog er plötzlich seinen Pullover aus, hob er die Hände und blieb mit nacktem Oberkörper im Regen stehen. Zuerst schämte ich mich für ihn, dann sah ich, daß er weinte. Ich ignorierte die Tränen, die man auch für Regentropfen halten konnte, und begann mich um seine Gesundheit zu sorgen. Er würde sich noch den

Rest holen, da draußen. Dann kam mir der Gedanke, daß die Erkältung von ihm ja einkalkuliert sein konnte. Überhaupt war es schwierig für mich, ihm zu helfen. Was war richtig, und was war falsch? Ich konnte ihn schließlich nicht mit einem gedeckten Tisch überraschen, wenn er verhungern wollte. Ich sah eine Maus durch den Gartenzaun schlüpfen, und kurz darauf sprang die Katze des Nachbarn hinterher. Dann kamen die Leute von der Arbeit, sie liefen unter Regenschirmen, und mein Vater stand noch immer da, die Arme ausgebreitet, ein Schuh offen. Die Nachbarn wandten den Blick ab, als sie ihn sahen. Bevor ich ins Bett ging, sah ich ihn immer noch draußen stehen, reglos, im Lichtschein der Küchenlampe.

Am nächsten Tag erschien er mir wieder ganz normal, er wischte die Türen ab, ölte die Scharniere. Noch zwei Tage, dachte ich, als ich die Küche fegte. Noch zwei Tage. Ich säuberte die Toilette, bohnerte die Treppen, wischte den Hausflur. Ich hielt mich einige Stunden im Vorgarten auf und jätete, wo es nichts zu jäten gab. Auch dieser Tag verging.

Am nächsten Tag kam mein Vater erst gegen Mittag aus dem Schlafzimmer. Er machte Tee, schnitt Brot, stellte Wurst auf den Tisch, er aß mit großem Appetit. Er machte sogar ein paar Witze, als ich ihm half, die Fensterscheiben neu zu kitten. Später saß er rauchend am Tisch und kritzelte irgendwelche Papiere voll. Wollte ich sehen, was er schrieb, legte er die Hand darüber. Als ich sein Schlafzimmer aufräumte, sah ich die Herztabletten auf dem Nachtschränkchen; die Packung war noch nicht angebrochen. In dieser Nacht konnte ich nicht schlafen und erlebte die furchtbarsten Wachträume: Was wäre, fragte ich mich, wenn er diesmal wirklich sterben wollte? In den frühen Morgenstunden verließ ich die Wohnung. Ich hatte ein paar Zigaretten aus der Packung meines Vaters genommen und schlich mich auf mein Lieblingsdach. Ein frischer Wind wehte über die Dächer, auf den Fernsehantennen krakeelten die ersten Vögel, ich zündete mir eine Zigarette an und versuchte nachzudenken. Ich hatte Angst und wußte nicht wovor. Meine Mutter wohnte mit meiner Schwester in einer anderen Stadt. Ich hatte sie lange Zeit nicht gesehen. Vielleicht waren sie auch umgezogen oder hatten das Land gewechselt. Die Geburtstagskarten an mich kamen ohne Absender an, zu den unterschiedlichsten Monaten und manchmal gar nicht. Mein Gesicht sah dem meines Vaters ähnlich: Die gleiche helle Haut, rotes, kurzes Haar, und später würden mir buschige Augenbrauen über der Nase zusammenwachsen. Ansonsten war ich mager und nicht besonders hübsch. Meine dünnen Beine mit den Knotenknien versteckte ich in langen Hosen, und auf meinen Rippen konnte man Klavier spielen. Die Jungs interessierten sich nur für mich, weil ich wie ein Affe über die Zäune und Dächer klettern konnte. Aber an diesem Tag saßen alle bei ihren Familien, und ich kletterte allein über Flachdächer, Spitzdächer, Teerdächer, über die roten Ziegeldächer, denen oft Ziegel fehlten, und über die Dächer von Abrißhäusern, die mir die liebsten waren. Ich stieg in die leeren, nach feuchtem Schimmel riechenden Räume, in Küchen mit zurückgelassenen Gasöfen. Ich saß auf zerrissenen Matratzen, in denen es vor Ungeziefer nur so wimmelte, und kam aus dem Grübeln einfach nicht heraus. Ich würde es nicht wissen, ob er es diesmal schaffen würde, bis zu dem Augenblick, wo er es überstanden hatte. Als es dunkel wurde, strich ich noch immer durch die Treppenhäuser und Wohnungen, entdeckte eine alte Wanduhr mit intakten Zeigern. Ich hatte früher schon eine Menge Zeug gefunden: Bücher, Zeitschriften, Spielzeug und Geschirr, ein blaues Samtkästchen mit Perlmuttlöffeln, und einmal fand ich in einem Ofen eine Bibel und zwischen den Seiten, fein gepreßt, mehrere tausend Reichsmark. Ich versteckte die Wanduhr unter alten Kleidern und Müll, dann machte ich mich auf den Heimweg.

Zu Hause saß mein Vater vor einer Kiste mit Fotografien, als ich mich zu ihm setzte, räumte er sie weg. Ich aß ohne Hunger und ging früh ins Bett. Nachts wachte ich auf, weil ich Schritte hörte. Als ich mich aufsetzte, sah ich im Mondlicht meinen Vater durch das Zimmer gehen. Ohne ein Wort tappte er sacht von einem Ende zum anderen, seine Füße schienen kaum den Boden zu berühren. Ich hätte ihm gern gesagt, daß er gehen sollte. Schließlich legte er sich wortlos zu mir ins Bett und schlief sofort ein. Ich hörte seine Atemzüge, die in einem ziemlich hohen Pfeifen endeten, dann wiederum schien er gar nicht zu atmen, und ich lag steif vor Schreck, bis seinem Mund endlich wieder Luft entwich. Ich hatte Angst um ihn und Angst um mich, ich verstand all diese Anstrengungen nicht, die scheinbar nötig waren, um leben zu können. Warum lebte er nicht wie die anderen, die arbeiteten, sich freuten, stritten und zu Ostern ein Lamm brieten? Eng an die Wand gedrückt, versuchte ich einzuschlafen, aber es gelang mir nicht.

Es dämmerte, und der Schlaf meines Vaters wurde unruhiger. Er schmatzte und knirschte jetzt laut mit den Zähnen. Als er erwachte, lag er eine ganze Weile reglos da und starrte an die Decke. Heute, dachte ich, heute ist es soweit. Dann hob er den Kopf und betrachtete mich, als wüßte er nicht, wer ich sei, erstaunt, verlegen, verwirrt. Schließlich stand er auf und verließ genauso plötzlich, wie er nachts gekommen war, das Zimmer. Die Stelle, wo er gelegen hatte, war warm und roch nach ihm. Ich blieb noch einen Moment liegen, hörte ihn in der Küche herumwirtschaften. Ich mochte seinen Geruch nicht, es war immer eine Mischung aus zu reichlich aufgetragenem Eau de Toilette, Schweiß und kaltem Zigarettenrauch. Aber heute machte mich sein Geruch traurig. Als ich in die Küche kam, war er schon dabei, den Frühstückstisch abzuräumen. Ich stand in der Tür und wußte nicht, was ich sagen sollte.

»Guten Morgen«, sagte ich schließlich.

Er hatte die Hände auf das Fensterbrett gestützt und sah hinaus. Es war ein heller, sonniger Tag, und während er die Griffe der Fenster abzuschrauben begann, betrachtete ich seinen Rücken. Würden die letzten Vorbereitungen umständlich sein, viel Zeit kosten oder in einer Blitzaktion enden? Ich bemerkte, daß er seinen besten Anzug trug. Er wandte sich zu mir, als ob er mir etwas sagen wollte, aber dann wischte er sich mit einem Taschentuch die Stirn ab. Ich würde versuchen, den Tag anzugehen wie jeden anderen auch. Ein Eichhörnchen hockte plötzlich aufgerichtet vor dem Fenster, und es sah aus, als würde es uns beobachten und Bescheid wissen. Mein Vater klopfte an die Scheibe, und das Eichhörnchen verschwand. Dann trug er den Gummibaum auf den Flur, und als er zurückkam, klingelte es. Wir gingen durch den Flur, dann schob er mich ziemlich unsanft zur Seite. Er öffnete die Tür und begrüßte einen früheren Arbeitskollegen und Saufkumpan, den ich schon ewig nicht mehr bei uns gesehen hatte. Mit einer Handbewegung gab er mir zu verstehen, daß ich verschwinden sollte. Durch den Türspalt konnte ich beobachten, wie mein Vater ihm etliche Kleidungsstücke von sich gab; er legte ihm Hemden, Pullover, Hosen und zwei Anzüge in die Arme. Er würde die Sachen nicht mehr brauchen, auch in Wochen oder Monaten nicht, versicherte er dem Kollegen.

»Warum gibst du deine Sachen weg?« fragte ich.

»Weil ich sie nicht mehr brauche«, sagte er lächelnd, als würde er über den Dingen stehen. Dann begann er die Fensterritzen zu verkleben. All dies deutete auf etwas unausweichlich Schreckliches hin, und es geschah vor meinen Augen, aber ich glaubte es nicht. Als er eine Matratze aus seinem Schlafzimmer über den Flur in die Küche schleifte, half ich ihm dabei und versuchte, ein Gespräch anzufangen. Ich fragte ihn alles mögliche, er antwortete einsilbig und legte die Matratze vor den Gasofen. Dann holte er den Plattenspieler aus seinem Zimmer und stellte ihn auf den Boden neben die Matratze. Ich brachte ihm die Schallplatten. Er besah sich die Hüllen und wählte nach längerem Kopfschütteln eine Platte aus. Irgendwann war ich überzeugt, nicht das geringste tun zu können, um ihn von seinem Vorhaben abzubringen. Von diesem Augenblick an wurde ich ruhiger und beschloß, bei ihm zu bleiben. Er begann

Staub zu wischen und wies mich an, ihm zu helfen. Als wir fertig waren, sagte er: »Wisch du den Küchenboden.« Wenig später stand er im Türrahmen und deutete schweigend auf einen Fleck neben dem Herd. Noch ehe ich reagieren konnte, war er auf den Knien und wischte wie ein Besessener mit der Hand über den Boden, dann hielt er inne, sammelte Spucke in seinem Mund, bespie den Fleck und rubbelte weiter. Ich stand auf und betrachtete seinen Rücken, der mit den Jahren immer gebeugter geworden war, seine derbe Knochenstruktur, die kurzen Glieder; ein kleiner Mann bäuerlicher Herkunft, aber das lag lange zurück, war die Geschichte seiner Vorfahren.

»Ich möchte heute mit dir ins Kino gehen«, sagte ich über seinen Rücken hinweg. Er antwortete nicht, und ich wiederholte den Satz. Er hob langsam den Kopf und sagte: »Die Küchengardinen müssen noch gebügelt werden.«

»Du bist mein Vater«, sagte ich, und ich sagte es wütend. »Du bist noch nie mit mir ins Kino gegangen, in den Wald oder einfach so spazieren, du bist überhaupt nirgends mit mir hingegangen.«

Als er sich erhob, murmelte er wie im Selbstgespräch: »Aber das Leben ist kein Spiel, und was weißt du denn schon davon.« Er wrang den Lappen in der Spüle aus. »Nichts weißt du.«

»Kann sein«, sagte ich, »aber ich wünsche mir, daß du heute mit mir irgendwohin gehst.«

»Nein, ich werde hierbleiben.« Er sah müde aus, und eine feine Linie von Schweißperlen glänzte auf seiner Stirn.

»Dann bleibe ich auch«, sagte ich. »Ich mach uns was zu essen.«

»Ich habe keinen Hunger«, sagte er und leerte den Aschenbecher, wischte nochmals über den Tisch, entfernte auch die letzte Schmutzspur vom Boden; er verhielt sich, als gäbe es mich nicht, als sei ich es, die ihm sein Osterfest vermiesen würde und nicht umgekehrt! Am späten Nachmittag war alles sauber, der Boden glänzte, die Bettdecken lagen Kante auf Kante, die Kopfkissen hatten in der Mitte einen Knick, die Türklinken funkelten, weit und breit kein Fleck auf den Türen und Möbeln. Das Thermometer vor dem Küchenfenster zeigte vierzehn Grad Celsius, der Himmel war bedeckt, zwischen den Dächern und Schornsteinen flog ein laut krächzender Krähenschwarm. In dem Vorgarten gegenüber waren die Bäume mit bemalten Eiern geschmückt. Ich ging durch die Wohnung, wußte nicht, was tun. Mein Vater stand vor dem Spiegel und schnitt sich die Haare aus den Nasenlöchern. Er fluchte leise, so wie er jeden Tag fluchte; nur schnitt er sich nicht jeden Tag die Nasenhaare, das passierte nur einmal im Jahr.

Es war schon eine ganze Weile still in der Wohnung, aber jetzt hörte ich ihn in der Küche Möbel verrücken und ging zu ihm. Er hatte den Küchentisch vor das Fenster geschoben und war dabei, die Scheiben mit Zeitungspapier zu verkleben. Mir wurde kalt vor Wut. Natürlich würde die ganze Arbeit, das Zeug wieder von den Scheiben zu entfernen, an mir hängenbleiben, und ich würde Stunden dafür brauchen. In der Küche roch es nach Kittifix; wenn er doch Büroleim genommen hätte, den bekam man wenigstens mit Wasser und Ata wieder ab. Schließlich hatte er alle Scheiben beklebt und stieg vom Tisch. Meine Wut verflog, als ich sein Gesicht sah, arglos, gelassen, mit einem Anflug von Freude. Ich sah, wie er früher gewesen sein könnte, lange vor meiner Zeit. Er hatte auf seine Art dem Leben zugelächelt und trotz aller Widrigkeiten darauf bestanden, zufrieden zu sein. Ich dachte daran, wie es für ihn jedesmal gewesen sein mochte, wenn ihn die Ärzte zurückgeholt und sein Herumstolzieren vorm Höllentor beendet hatten. Er mußte sich unverletzlich vorgekommen sein, der Liebling aller Schutzengel. Ich stellte mir seinen gleißenden Flug vor, wie er majestätisch an den Menschen vorbeiglitt, seiner selbst sicher, aus einer Sphäre kommend, von der sie nichts wußten und die ihnen für immer verschlossen bleiben würde. Natürlich war die Wirklichkeit eine andere. Wie oft hatte ich ihn in seinem Erbrochenen liegend gesehen, in seinem Kot, um Atem ringend, das Gesicht verheult. Und manchmal mußte ich keinen Arzt holen, weil er von allein wieder aufwachte. Ich wußte, daß die Nachbarn uns plötzlich um die Osterzeit mehr Aufmerksamkeit schenkten, uns neugierig, hämisch und sensationslüstern beobachteten; sich jedesmal an die Stirn tickten, wenn sie an unserem Haus vorübergingen.

Einen Augenblick später staunte er mich an, als sähe er mich seit Wochen zum ersten Mal, und während er theatralisch die Arme in die Luft warf, sagte er: »Nur weil ich dein Erzeuger bin, mußt du dich nicht verpflichtet fühlen.«

Ich hatte das Gefühl, als fiele der Satz unter Gleichen, als würde er mich endlich ernst nehmen. Nicht nur deshalb sagte ich: »Du weißt, daß es nicht so ist.« Ich sagte es mit allem Pathos, das mir zur Verfügung stand.

»Dann zieh dich um«, sagte er ebenso pathetisch und strich mir übers Haar. »Und kämm dich«, fügte er nach einer kurzen Pause hinzu.

An der Wand neben dem Spiegel blätterte die Farbe ab. Als ich mich gewaschen und gekämmt hatte, reinigte ich das Waschbecken und fuhr mit einem sauberen Handtuch über den Spiegel. Als ich eine Wimper auf meiner Nase entdeckte, pustete ich sie mir vom Finger und wünschte mir, daß mir diesmal alles erspart bliebe. Ich zog mir eine karierte Hose an, dazu einen roten Selastikpullover.

Mein Vater saß im Dämmerlicht auf der Matratze, neben sich zwei Gläser und eine Flasche. Er hatte eine kleine Funzel von höchstens 15 Watt eingeschaltet und lauschte irgendeiner klassischen Musik. Mein Herz pochte so wild und laut, als wollte es die Musik übertönen. Es roch nach Gas.

»Mussorgski«, sagte mein Vater, »Bilder einer Ausstellung«, und winkte mich zu sich. Er hatte sich die frisch geputzten Schuhe ausgezogen und unter den Tisch gestellt. Ich setzte mich neben ihn, lehnte mich an die Herdklappe, und mein Vater gab mir ein gefülltes Glas. »Trink«, sagte er, und es klang wie ein Befehl. Ich trank und mußte husten. Der Schnaps brannte mir in der Kehle, aber sofort wurde mir warm in der Bauchgegend. Er nahm mir das Glas aus der Hand, stellte es ab. »Ich hab Klavierstunden genommen, früher«, sagte er und starrte die Decke an, als wäre ihm diese Mitteilung peinlich. »Aber darin war ich kein Meister«, sagte er und machte ein kleines gurgelndes Geräusch, als habe er sich verschluckt. »Du mußt keine Angst haben«, fuhr er fort, »dieser Tag ist meisterhaft vorbereitet.« Er gab mir erneut das Schnapsglas. Diesmal mußte ich nicht husten.

»Wäre das hier eine Olympiade, ich käme mit einer Goldmedaille nach Hause.« Er seufzte, und ich konnte den Alkohol riechen. Dann entledigte er sich im Sitzen seines Jacketts, rollte es zusammen, legte sich hin und schob sich das zusammengerollte Kleidungsstück unter den Nacken. Er trug ein dunkelrotes Hemd, dazu eine grünweiß gestreifte Krawatte. »Na dann wollen wir mal«, sagte er. »Alliance passée.« Das war eine Redewendung, die er oft gebrauchte, ich wußte nicht, was sie bedeutete. Auf jeden Fall, schien es mir, hatte sie etwas mit Schnelligkeit zu tun, und das kam mir in diesem Augenblick nicht gerade angemessen vor. Überhaupt kam mir bisher alles ziemlich gewöhnlich vor, und ich wußte nicht, was zu tun war, damit es feierlicher werden könnte. Zudem wollte ich meinen Vater nicht enttäuschen. Ich war dankbar für sein Vertrauen. Zum ersten Mal im Leben waren wir Komplizen.

»Hast du eigentlich eingekauft?« Er rappelte sich von der Matratze hoch. Ich war überrascht, wie nüchtern seine Stimme klang. »Toilettenpapier und all das.« Er hatte sich noch nie um Toilettenpapier und all das gekümmert, und ich hatte auch nichts eingekauft. Aber ehe ich antworten konnte, war er schon aufgestanden und hockte neben dem Plattenspieler. »Verdammter Mist«, murmelte er, »es hört sich einfach nicht so an, wie es sich anhören sollte.« Er schaltete das Deckenlicht an, schraubte die Flasche auf, trank einen Schluck, stellte die Flasche wieder ab, langsam, als wäre er in Trance. Dann betrachtete er mißmutig die Plattenhülle und öffnete den obersten Hemdknopf. »Wenn ich etwas nicht vertragen kann«, sagte er, »sind es deutsche Dirigenten, die sich an russischen Stücken versuchen.« Er ließ die Platte noch einmal von Anfang an spielen. Stand eine Weile da und wiegte seinen Kopf. »Hörst du das? Das soll der Gnom sein. Und er läßt ihn marschieren, er läßt ihn tatsächlich marschieren.« Er atmete angestrengt. »Hörst du das? Kein Funke russischer Seele in dieser Bürokratenhand. Der Gnom muß stolpern, nicht marschieren!«

»Vielleicht eiert die Schallplatte«, sagte ich und spürte das kühle Metall des Herdes an meinem Hinterkopf.

»Sie eiert nicht!« sagte er. »Dieser Staubsohn versteht nichts von Mussorgski.« Er schaltete das Licht aus, setzte sich zu mir und tastete nach der Flasche. Ich hörte ihn trinken und zwischendurch Luft ausstoßen. Als wäre er sein eigener Schatten, sah ich plötzlich nur die Flasche vor mir, die er mir schon eine Weile hingehalten haben mußte. Ich nahm den letzten Schluck.

»Das ist kein altes Schloß, das ist eine Kate«, fluchte er weiter gegen den Dirigenten, seine Stimme immer noch nicht die eines Betrunkenen.

Ich hörte den Fernseher der Familie über uns, dann vernahm ich ein Seufzen und wußte nicht woher. Der Kopf meines Vaters nickte im Takt der Musik. Der Fernseher mußte sehr laut eingestellt sein, und den Seufzer konnte nur Gott ausgestoßen haben. An den Gasgeruch hatte ich mich gewöhnt, ich nahm ihn gar nicht mehr wahr. Aber irgendwie hatte der Raum jetzt ein Gewicht, und die Farbe an den Wänden schien zu knistern. Ich schaffte es gerade noch, mich hinzulegen. Der Alkohol brauste durch meine Glieder. Wind pfiff knapp über den Boden hinweg. Wir waren auf See, und ich vertrug den Wellengang nicht. Ich spürte, wie mir übel wurde, speiübel. Ich suchte nach der Hand meines Vaters, aber statt dessen landete meine Hand in den Geräuschen des Fernsehers über uns.

Ein Hubschrauber, sanfte Propellerdrehungen, helle Spitzendeckchen, die vom Himmel regneten und grüne Wiesen bedeckten. Die Schwester über mir trug ein weißes Häubchen, der Ventilator an der Decke summte. Die Luft roch nach Klebstoff. Ich blinzelte, es fiel mir schwer, meine Augen zu öffnen. Die Schwester lächelte mir zu und strich mir über die Stirn. Meine Arme hingen an Schläuchen, mein Mund kam mir vor wie verrutscht.

Als es dunkel wurde, roch ich die nächtliche Frühlingsluft, ahnte die Nähe des Sommers, und im Morgengrauen fand ich mich glücklich, ohne Erstaunen glücklich. Die Helligkeiten wechselten, und Tage später wurde mein Bett in ein anderes Zimmer geschoben. Meine Atemzüge füllten das Leben, als wäre es eine riesige Kathedrale. Ich würde den Wechsel der Jahreszeiten erwarten, es würde irgendwann Ostern werden, bestimmt.

Diesmal hatte es mein Vater geschafft. Sein Herz hatte nicht mehr mitgespielt. Später fand ich beim Ausräumen der Wohnung mehrere Packungen seiner Tabletten, er mußte schon vor Monaten damit aufgehört haben, sie zu nehmen. Und während ich an seinem Grab stand und die Sonne zwischen den Bäumen verschwand, hörte ich sein forderndes »Alliance passée! Alliance passée!« und sprach sie ihm zu, die Goldmedaille.

Gespenster

Der Himmel hing tief und verwischt über den gefrorenen Pfützen, und an den Straßenrändern türmte sich der Schnee zu schmutziggrauen Haufen. Es war mindestens fünf Grad unter Null, die Straßen menschenleer, einzelne Schneeflocken schwebten durch die Luft.

Es war Heiligabend, wieder einmal. Ich schlitterte mit ausgebreiteten Armen über die Pfütze, die dank meiner Rutscherei wie ein blankgelutschtes Bonbon vor mir lag. Die Fenster in den fünfstöckigen Mietshäusern waren erleuchtet, manchmal konnte ich Gestalten hinter den Scheiben erkennen oder den Funkentanz von Wunderkerzen.

Judith saß klein und schmal auf der Bank und hielt ihre Knie umschlungen. Ich schlitterte noch einmal lustlos über das Eis, dann ging ich zu ihr. Die Äste eines Essigbaums streiften mein Gesicht, und ich roch die Kälte des Baums, während ich mich über meine Schwester beugte und ihr die Mütze über die Ohren zog, ihren Schal fester band. Sie trug einen Kunstledermantel, der nicht sehr warm hielt, ich hatte ihn etliche Winter vor ihr getragen. Ich lief kreuz und quer über den Rasen, der zwei Straßen voneinander trennte, und der Schnee unter meinen Füßen knirschte hohl und erinnerte mich an meinen leeren Magen. Ich rief meiner Schwester zu, sie solle mit mir herumlaufen, sich bewegen, von mir aus auf und ab springen. Sie antwortete nicht, hielt sich nur die gewölbten Hände vor das Gesicht. Wir hatten ein kleines Programm vorbereitet, unter dem Weihnachtsbaum wollten wir Gedichte aufsagen und Lieder singen, und ich hatte uns aus Kreppapier Kostüme gebastelt. Sie würde uns rufen, wenn es soweit sei, hatte sie mit einer Stimme gesagt, die verschlafen geklungen hatte, schlecht gelaunt und überfordert, aber sie hatte es gesagt.

Hinter unserem Fenster im zweiten Stock rührte sich nichts, es kam mir vor, als wäre die Welt dahinter ausradiert. Ich dachte an die Aufgabe, nach oben zu gehen und meiner Mutter ohne Groll entgegenzutreten. Ich wußte nicht, wie spät es war, mein Zeitgefühl war irgendwie verschwunden, und so ließ ich noch einige Atempausen verstreichen, nahm Judith an die Hand, sagte: Wir gehen, versuchte, etwas Lustiges zu erzählen, auch wenn ich nichts ausrichten konnte gegen ihr Schweigen, ihr schon stundenlang anhaltendes Schweigen. Sie fror, ihre Freude auf das Fest hatte sich in Enttäuschung verwandelt, sie bewegte ihre Beine marionettenhaft durch den Schnee, ihre Hand lag ohne Widerstand in der meinen. Als ich die Haustür öffnete, spürte ich meinen Magen noch immer und versuchte, meine Wut wegzuatmen. Die Treppen rochen frisch gebohnert, die Stufen waren abgetreten in der Mitte, wir zauderten auf jeder Stufe. In die Kalkwände hatten wir winzige Botschaften eingeritzt, Zeichen und Namen, die nur wir verstanden. Im ersten Stockwerk hörten wir Stimmen hinter der Tür und Klaviergeklimper. Das Klicken der Lichtuhr verstummte, und wir gingen im Dunkeln weiter. Vor dem Treppenfenster warteten wir eine Weile. Judith hatte sich eine Babypuppe gewünscht und ein Angelspiel; ich nahm sie in meine Arme und spürte ihren Atem. Das Angelspiel bestand aus einem viereckigen bunten Karton, einer Art Trockenaquarium, in dem Pappfische lagen, die man mit einem Magneten herausziehen konnte. Vor unserer Wohnungstür blieben wir stehen und horchten auf die Geräusche aus der Nachbarwohnung. Ich drückte auf den Lichtschalter und dann auf die Klingel, klingelte mehrmals, wartete, ließ die Pausen zwischen den Klingeltönen immer kürzer werden. Wir setzten uns auf eine der Stufen, träumten frierend vor uns hin, waren im Wegdämmern, als unten die Tür ging und Schritte nach oben kamen. Sie stand mit verrutschter Frisur vor uns und preßte die Hand auf ihre Brust, atmete flach, als würde sie keine Luft mehr bekommen. Sie sah gar nicht aus wie unsere Mutter. Ihr heller Wollmantel war schmutzig, der Lippenstift verschmiert, sie starrte uns aus ihren Messingaugen an und seufzte. Dann griff sie sich an den Kopf und zog eine Perücke herunter, eine kurzhaarige blondgelockte Perücke, und aus dem Seufzen wurde ein Husten. Sie schloß die Wohnungstür auf, und wir folgten ihr zögernd. Als sie im Bad verschwand, spähten wir vorsichtig nach einem Weihnachtsbaum und fanden eine noch zusammengeschnürte Tanne im Wohnzimmer auf dem Fußboden. Wir hörten, wie sie sich auf der Toilette übergab, und versuchten, es zu überhören. Am Küchentisch sitzend, betrachteten wir die Muster der Tischdecke; Weintrauben, Bananen und

Äpfel, mal in blauen, mal in gelben Obstschalen. Eine der Bananen hatte ich irgendwann einmal mit einem roten Kugelschreiber übermalt.

Während meine Schwester schläfrig an ihren Fingernägeln kaute, begann ich ihr den selbstgebastelten Papierrock überzuziehen, dann den Umhang und eine Art Schärpe, die ihr aber immer wieder über die Ohren rutschte. Ich selbst wickelte mich von Kopf bis Fuß in weißes Kreppapier ein. Schließlich kam sie, schon gewaschen und im Nachthemd, und setzte sich zu uns. Sie saß wortlos da, und nach einer Weile gab ich Judith das vereinbarte Zeichen, und sie erhob sich und begann zu singen. Aber sie kam über die erste Strophe des Liedes nicht hinaus, sie stotterte, verlor die Melodie und drehte sich am Ende einfach nur noch im Kreis, mit ausgebreiteten Armen, und ich stand daneben. Meine Mutter lachte kurz auf, es klang fremd; dann begann sie zu applaudieren, leise, dann lauter. Sie stand auf und klatschte noch, während sie ins Wohnzimmer ging, und kam zurück mit dem Angelspiel für meine Schwester und einem Märchenbuch für mich. »Fröhliche Weihnachten«, sagte sie, ganz und gar nicht fröhlich.

Dann kniff sie die Augen zusammen, begann an sich herumzuzupfen und die Stirn in Falten zu legen. Ich blätterte in meinem Märchenbuch und erwartete die nächste Szene.

»Es kann alles nur noch schlimmer werden«, sagte sie. Die nächsten sonst üblichen Sätze folgten diesmal nicht, sie begann statt dessen zu schluchzen, ließ sich von Weinkrämpfen schütteln, legte Kopf und Arme auf den Tisch. Ich hatte aufzustehen, mich über sie zu beugen und beruhigend auf sie einzureden. Ich strich über ihr feuchtes, verschwitztes Haar, roch wieder die Kälte des Essigbaums, schloß die Augen, hörte das Flüstern und Murmeln der Nacht, ließ die Kälte des Essigbaums in jede meiner Poren sickern und begann mit meinen Fingerkuppen zart über ihren Rücken zu streifen. Irgendwann begann sie sich zu entspannen, sie verlangte Umarmungen und die Zusicherung von Liebe. *Oh ja, alles, was sie wollte. Ich war freigebig, so wahllos freigebig.*

In dieser Nacht schlief ich mit meiner Schwester in einem Bett, und ich horchte noch lange, nachdem sie eingeschlafen war, auf ihre Atemzüge. Selbst im Schlaf flatterten ihre Lider, und dann gab es eine Art Schauder, der ihr unter der Haut von den Füßen bis zu den Haarwurzeln rollte. Ich legte meine Hand auf ihre Stirn und versuchte mir den kleinen, zerbrechlichen Schädel dahinter vorzustellen.

Am nächsten Morgen angelten wir die Pappfischchen aus dem Karton, warfen sie wieder rein, holten sie raus, bis wir es satt hatten. Wir spielten »Was wäre wenn?« – was wäre, wenn wir im Lotto gewinnen würden, die Häuser mit den Dächern auf dem Boden ständen, wenn wir Riesen wären oder Gold kacken würden? Was wäre, wenn wir Waisenkinder oder ganz allein auf der Welt wären? Aber immer wieder kamen wir auf den Lottogewinn zurück, machten Pläne und legten Reserven für schlechte Zeiten an, und schließlich wurde der Lottogewinn für uns so real, daß wir ernsthaft begannen, uns vor Betrügern und Banditen zu fürchten. Irgendwann kam sie über den Flur, und wir hörten auf die Geräusche ihrer Schritte. Dann ging die Tür auf. Sie hielt ihren Kopf schief und klagte mit müder Stimme über Halsschmerzen. Die Silben schleiften, als sie mich in die Apotheke schickte. Sie verließ das Zimmer mit einem fast freundlichen Nicken, und wir stießen mehrmals hörbar die Luft aus.

Ich dachte an Vertrauen, irgendwie dachte ich in diesem Augenblick an Vertrauen, es war wie ein Anfall von warmem Schüttelfrost, und während ich in dem grauen Nachmittagslicht das Geld für die Tabletten aus der Kellnertasche meiner Mutter nahm und dazu fünfzig Pfennig für mich, hatte ich nicht das Gefühl, etwas Unrechtes zu tun. Jedenfalls sagte ich mir nicht: Ich klaue das Geld. Es war eher ein Reflex, der das Geldstück in einem meiner wollenen Kniestrümpfe verschwinden ließ, so daß ich beim Laufen das Metall unter meiner Fußsohle spürte. Ich besorgte die Tabletten bei der Notapotheke, wo ein weißhaariger Verkäufer zuerst ein Rezept wollte, mir die Tabletten dann jedoch so gab. Ich hatte zwischen zwei Tränen etwas von unerträglichen Schmerzen gemurmelt und von Weihnachten; auf solcherlei Darbietungen verstand ich mich gut. Auf den Straßen war wenig los; zwei hellblaue Trabis parkten vor unserem Haus, ein Betrunkener torkelte den Schneeflocken und seiner Festtagsseele hinterher, durch die Fenster grüßten mich blinkende Lichterketten.

Ich brachte meiner Mutter ein Wasserglas und zwei Tabletten. Im Schlafzimmer waren die Vorhänge zugezogen. Ich wartete eine Weile, bis ich mich an das Dämmerlicht gewöhnt hatte. Eine Fliege umsurrte die an der Decke hängende Lampenkugel, eine Winterfliege, dachte ich, und verfolgte ihren schwerfälligen Tanz. Doch der

Geruch im Zimmer brachte mir schnell die Wirklichkeit zurück, und sagte mir, wie es die ganzen Jahre hier gewesen war und wie es immer sein würde. Sie setzte sich auf, nahm die Tabletten und das Glas, hustete trocken und seufzte mit geschlossenen Augen. Spülte dann die Tablette hinunter, schüttelte sich, reichte mir wortlos das Glas und legte sich wieder hin. Vorsichtig schloß ich die Tür.

Im Kinderzimmer erwartete mich meine Schwester, die sich langweilte, und ich versuchte so friedlich wie möglich mit ihr zu spielen. Ihr Leistenbruch, den sie seit dem Frühjahr hatte, war eine kleine Wölbung unter der Haut, eine Halbkugel wie ein durchgeschnittener Tennisball, und immer, wenn sie sich zu sehr aufregte, trat diese Wölbung aus ihrer Leiste hervor. Dann mußte ich ihr den Schlüpfer herunterziehen und mit dem Daumen die Kugel tief zurück unter die Haut drücken. Niemand wußte, warum Judith diesen Bruch hatte, es schien, als wäre er über Nacht gekommen, und genauso sollte er wahrscheinlich wieder verschwinden, denn meine Mutter dachte nicht daran, mit ihr zum Arzt zu gehen.

Am Nachmittag rief sie uns ins Wohnzimmer, und wir halfen ihr beim Schmücken des Baums. »Spät ist besser als gar nicht«, sagte sie, und wir stimmten ihr schnell und eifrig zu. Sie hatte ihr kurzes, ausgedünntes Haar gekämmt und den Schönheitsfleck, schräg über dem Mundwinkel, mit schwarzer Tusche aufgefrischt. Ihr Morgenmantel rutschte von der Schulter, ließ ein Stück helles Fleisch sehen. »Und freut ihr euch gar nicht?« Ihre Stimme klang nur selten freundlich. Wir versicherten ihr, wie sehr wir uns freuten. Schließlich gab es den Feiertagsfilm, eine Schnulze aus den Dreißigern; meine Schwester hockte links und ich rechts neben ihr auf dem Boden, sie saß im Sessel, und wir kraulten mit der nötigen Sorgfalt ihre Beine und durften den Film mit ansehen. Sie hatte die Beine ausgestreckt und bewegte manchmal ihre beiden großen Zehen, wenn der Film sie zu sehr mitnahm. Zwischendurch ermahnte sie uns, ihre Beine zärtlicher, noch zärtlicher, zu kraulen. »Benutzt nur eure Fingerspitzen«, sagte sie mit verwaschener Stimme. Am Ende weinte sie immer, auch diesmal. »Ich hab euch doch lieb«, sagte sie, »ich bin eine gute Mutter?« Mit verweintem Gesicht tauchte sie dann endgültig aus ihrer Welt auf und sagte: »Ich habe mich mächtig für euch ins Zeug gelegt. Hab geschuftet wie ein Gaul.« *Ja, ja, ja!* vervollständigte ich stumm den Übergang vom Weinen zum tränenlosen Elend: *Ich schufte nur für euch, hätte inzwischen zwei, drei Autos haben können, sogar ein Haus. Ich wäre reich: Soll ich euch vorrechnen, was ihr mich jeden Tag kostet?*

Nach diesen Worten verzog sie sich für den Rest des Tages in ihr Schlafzimmer. Ich las meiner Schwester aus dem Märchenbuch vor, beobachtete beim Lesen ihre zwei kleinen, scharfen Falten über der Nase. Ich dachte daran, ihr langes blondes Haar zu kämmen, doch noch im Abrollen dieses Gedankens hörte ich sie rufen. Ich erkannte schon an ihrer Stimme, daß etwas nicht in Ordnung war. Die Stimme schlug durch die Wände, und nach jeder Silbe meines Namens schien eine Ewigkeit zu verstreichen.

Meine Mutter saß aufrecht im Bett, vor ihr lag die geöffnete Kellnertasche. »Es fehlt Geld«, sagte sie. Ich hatte längst nicht mehr daran gedacht, besser gesagt, der kleine Diebstahl war noch gar nicht richtig in mein Bewußtsein gedrungen. Ich leugnete alles.

»Ich hatte das Geld gezählt«, unterbrach sie mich, die Augen auf mich geheftet, obwohl es so aussah, als würde sie durch mich hindurchsehen. Ich stritt weiter alles ab und spürte plötzlich die Münze im Strumpf zwischen meinen Zehen. Von einer Sekunde zu anderen bekam ich Angst, daß es Krieg geben könnte, daß Bomber am Himmel auftauchen und die Stadt zerstören könnten. Ich spürte das kalte Blau des Himmels hinter meinen Augen, schüttelte immer noch den Kopf.

Auch am nächsten Tag stellte sie mir hinterhältige Fragen, aber inzwischen war die Lüge für mich zur Wahrheit geworden. Dann waren die Feiertage vorbei, und ich ging wieder zur Schule. Meine Schwester brachte ich in den Kindergarten. Sie hatte Schatten unter den Augen, blinzelte in einem fort, noch mehr als sonst, und antwortete kurz und ausweichend auf meine Fragen. Das ging tagelang so, bis sie überhaupt nicht mehr mit mir sprach. Einmal erwachte ich nachts, weil sie Schreie ausstieß, und ich stand auf, zog ihr den Schlüpfer herunter und drückte die Wölbung zurück an ihre Leiste. Sie knirschte mit den Zähnen, und ihre kleinen Hände waren zu Fäusten geballt. Als ich früh aufwachte, hatte ich das Gefühl, der Schlaf wäre traumlos an mir vorbeigerattert, rhythmisch hämmernd, wie ein Zug auf dem Nebengleis. Ich schaltete das Licht an, setzte mich auf die Bettkante meiner Schwester und streichelte ihre schlafwarme Haut. Noch immer hatte sie einen sorgenvollen Ausdruck im Gesicht. Plötzlich kam sie hoch, stand auf, und während sie sich wortlos anzog, sah sie mir still und unbewegt in die Augen, als wollte sie mir etwas mitteilen. Dann begann sie ihre Fäuste durch die Luft zu stoßen, die Luft schien ihr Widerstand zu bieten, ihre Fäuste stießen stets irgendwo an, führten die ausholenden Bewegungen nicht zu Ende, und endlich brach ihr Gesicht auf. Als sie zu weinen begann, nahm ich sie in die Arme, zog ihr den Schlüpfer herunter, drückte die Kugel wieder zurück, versuchte sie zu beruhigen, ein Wort aus ihr herauszulocken, das mir sagte, was los war. Irgendwann sagte sie etwas von Gespenstern, und ich versprach ihr, sie zu vertreiben.

Nach der Schule holte ich meine Schwester ab, die wieder mit mir sprach, ab und an sogar übermütig hüpfte. In der Wohnung waren wir allein, was hieß, daß sie irgendwann auftauchen würde, und darauf mußten wir vorbereitet sein.

»Warum sind wir eigentlich Geschwister?« fragte meine Schwester, während ich ihr ein Senfbrot schmierte. Ich wußte nicht, was ich antworten sollte, wußte überhaupt auf die vielen Warum-Fragen meiner Schwester selten etwas zu sagen. Ich war mir bei vielen Fragen und Antworten in unserer Familie nicht sicher; eine Frage konnte vielfältige Antworten haben. Je nach Tageszeit und Laune wechselten die Gesetze; das, was heute falsch war, konnte morgen richtig sein. Meine Mutter konnte sich beispielsweise darüber aufregen, daß ich sie bestohlen hatte, und mich gleichzeitig zum Klauen in die Kaufhalle schicken.

Wir putzten die Schränke und wischten den Boden, zwischendurch betrachteten wir immer wieder die

Zuckertüte, an der ein dicker Bleistiftstrich den Inhalt anzeigte, auch auf dem Etikett der Sirupflasche war so ein Strich gezogen. Die ganze Wohnung war voll mit solchen Zeichen, und am sichersten war es, so wenig wie möglich anzurühren.

Es war spät, als das Geräusch des Schlüssels in der Wohnungstür unser Alleinsein beendete. Manchmal konnte man schon an der Art, wie sie den Schlüssel benutzte, erkennen, wie ihre Laune war. Dann stand sie in der Tür, und wir beeilten uns, ihr die beiden Taschen abzunehmen. Noch sah es so aus, als wäre sie nicht ganz da, ihre Gedanken woanders. Wir folgten ihr über den Flur, wo sie im Gehen die Haarklemmen und die Perücke vom Kopf nahm und auf den Boden fallen ließ. »Ich bin kaputt, müde und kaputt«, sagte sie und setzte sich auf einen der Küchenstühle. Meine Schwester sammelte auf dem Flur die Haarklemmen auf. Ich blieb reglos hinter ihr stehen, hörte sie tief Luft holen, roch den Zigarettenrauch in ihrer Kleidung. Sie streifte die Schuhe von den Füßen und legte den Kopf auf den Tisch. »Kratz mich«, sagte sie, »kratz meinen Kopf.«

Obwohl ich ihren Wunsch stets voraussah, ekelte ich mich doch jedesmal aufs neue, wenn ich mich über ihren Kopf beugte. Ich begann sie zu kratzen und lautlos ihre Haare zu zählen, deren rote Ansätze wie kleine Haken aus der hellen Kopfhaut stachen. Während ich kratzte und zählte, spürte ich, wie sich ihre Schuppen unter meinen Fingernägeln sammelten. Und ich spürte noch mehr: Ich spürte den angestauten Zorn unter dem Schädel meiner Mutter, die Wut, die sich wie in einem Gefäß angesammelt hatte. Es war gefährlich, mit diesem Kopf nicht vorsichtig umzugehen. Schließlich gab sie mir mit einer Handbewegung zu verstehen, daß es genug war. Sie erhob sich langsam, kramte in ihrer Lacktasche und fand die Zigarettenschachtel. Sie wischte einen Krümel von der Tischkante, zündete sich eine Zigarette an und kniff die Augen zusammen. »Wie war die Schule?« Ihr Lächeln war bemüht und schien sie anzustrengen, es sah so aus, als stemmte sie Gewichte mit ihren Mundwinkeln nach oben.

»Gut«, sagte ich. *Ja, ja, ich bin sehr beliebt in unserer Klasse, sitze allein in der letzten Reihe und stinke vor mich hin, besitze ein einziges Kleid und trage schlechte billige Schuhe, und die Jungs, und nicht nur die, machen einen großen Bogen um mich. Nicht mal du kennst all die Schimpfnamen, die sie mir verpassen, und trotzdem habe ich Angst, nach Hause zu kommen.*

Für die Dauer eines Atemzugs entließ sie mich aus ihrem Blick, nahm einen Geldschein aus ihrer schwarzen Kellnertasche und reichte ihn mir.

»Hol mir zehn Flaschen Helles«, sagte sie, fixierte mich noch einmal, erhob sich und kontrollierte die Sauberkeit in der Küche. Ich hörte sie etwas zu meiner Schwester sagen, nahm mir zehn leere Flaschen und verteilte sie auf zwei Netze. Vor dem Haus atmete ich tief durch und sog die Dunkelheit ein. Offensichtlich war heute ein guter Tag, sie war zwar nicht besonders gelaunt, aber dafür schien sie nicht mehr an die gestohlenen fünfzig Pfennig zu denken. Ich ging durch die menschenleere Straße, entlang an modrig riechenden Mauern, am Straßenrand die müde flackernden Laternenlichter. Wir wohnten in einem Industrieviertel, in dem die Häuser noch Kriegsspuren trugen, so daß die Mauern manchmal Landkarten ähnelten. In jeder freien Ritze wuchsen Sträucher und mannshohes Unkraut. Über den Dächern dichter Rauch aus den Fabrikschloten, Wäscheleinen vor dem Fenster zum Hof, und in jedem Treppenhaus übertriebene Sauberkeit und der Geruch nach Essen. Ich konzentrierte mich auf das unregelmäßige Klirren der Flaschen und versuchte, einen eigenen Rhythmus hinzubekommen, setzte meinen Weg fort, bis das Stimmengewirr aus der Kneipe alle übrigen Geräusche übertönte. Die Kneipe hieß »Jahns Ruhe«, und von dem erleuchteten Schild lachte mich ein glatzköpfiger biertrinkender Mann an. Ich öffnete die Tür mit meinem Ellenbogen, ohne die Netze abzusetzen, stieß beim Hereinkommen einen leeren Stuhl um. Ich stand vor der Theke, gab mich munter und tat selbstverständlich, als sei ich alt genug, um Bier trinken zu dürfen. Ich spürte, wie die Männer an den Tischen und vor dem Tresen mich flüchtig betrachteten, während ich mit dem Fuß wippte, beschämt und gleichzeitig erleichtert darüber, daß sie es nicht für nötig befanden, ihren Blick länger auf mir ruhen zu lassen. Der Wirt zeigte lächelnd seine Zähne und machte die üblichen Späße über mein Alter und meine vom Rauch tränenden Augen. Ich erwiderte sein Lächeln, holte den Geldschein aus der Hosentasche und zahlte. Während ich die Flaschen einpackte, gab er mir das Wechselgeld zurück, dabei fielen ein paar Münzen auf den Boden, und ich beeilte mich, sie aufzuheben. Eine Münze war weiter gerollt, und ich suchte sie, bis ich sie zwischen den Schuhen der Leute fand. Der Wirt hielt mir die Tür auf, und ich versuchte mein Lächeln zu halten, obwohl das

Gewicht der vollen Flaschen an meinen Schultern riß. Auf der Straße schaffte ich zwanzig Schritte, dann stellte ich die Bierflaschen ab, ruhte mich vor einem angelehnten Fenster aus und horchte auf die Stimmen aus dem Zimmer. Die Stimmen klangen fröhlich und übermütig, und ich hatte das Gefühl, als meinten sie genau das, was sie sagten.

Als ich die Tür aufschloß und die Wohnung betrat, war alles dunkel. Ich stellte vorsichtig die Flaschen ab und ging auf Zehenspitzen ins Bett. Während ich versuchte einzuschlafen, glaubte ich die gleichmäßigen Atemzüge meiner Schwester zu hören; ich vernahm jedenfalls kein Stöhnen, das auf Alpträume hindeutete, und ich konnte auch nichts Weißes entdecken, das wie ein Gespenst durch die Gegend huschte. Aber dann, schon im Einschlafen, hörte ich die Türklinke, hörte Schritte und die flüsternde Stimme meiner Mutter, die meine Schwester weckte. Judith erwachte sofort und folgte ihr wortlos. Ich lag eine Weile da und hatte Angst vor dem, was ich entdecken würde; mir war klar, daß sie nachts kein Fest für meine Schwester veranstalten würde. Ich stand auf und schlich über den Flur, nah der Wand, wo der Fußboden am wenigsten knarrte. Ein Lichtspalt schimmerte unter der Wohnzimmertür, ich hörte Musik und stellte mir das Plattencover dazu vor. Es war Musik von Elvis, dessen Hüftschwung meine Mutter manchmal zu kopieren versucht hatte. Ich sah durch das Schlüsselloch, sah die gegenüberliegende Wand, an der zahlreiche Uhren hingen, den Teppich mit dem Sonnenblumenmuster, die Stühle, die Stuhllehnen, das dunkelrote Sofa, und darauf meine Schwester, nackt. Ich versuchte mich zu erinnern, wann und wo meine Mutter all die Uhren zusammengesammelt hatte, aber dann befahl ich mir, meine Schwester anzusehen. Sie hatte die Augen geschlossen, die Hände zu kleinen Fäusten an den Bauch gepresst; es sah aus, als ob sie etwas flüstern würde. Meine Mutter, ein weißes Laken über den Kopf gezogen, trat ins Bild; auf Höhe der Augen waren zwei Löcher in den Stoff geschnitten. Sie setzte sich auf das Sofa, neben meine Schwester. Ihre Hand hing wie ein Raubvogel in der Luft, dann stieß sie im Sturzflug herab. In ihrer Hand blitzte eine Nadel, eine lange silberne Nadel, und diese stach in die Haut ein, wieder und wieder, blitzschnell, in Arme, Beine und Rücken. Ich versuchte, Judiths Schreie nicht zu hören, versuchte mich auf die Stimme meiner Mutter zu konzentrieren, die eisig das Zimmer erfüllte. Mal redete sie mit ihrer eigenen Stimme, dann wieder stieß sie dunkle, kehlige Laute aus, aber die Stimme stellte immer die eine Frage: »Wo ist das Geld, wo sind die fünfzig Pfennige.« Irgendwann lief sie mit schnellen Schritten durch das Zimmer, lief auf und ab; schließlich setzte sie sich erschöpft auf das Sofa, verharrte dort regungslos neben meiner Schwester, und es war nur noch die Stimme von Elvis zu hören. Er sang immerzu: *Love Me Tender, Love Me True,* irgendwie hakte die Platte.

Am nächsten Morgen konnte ich meiner Schwester nicht in die Augen sehen. Ich kniete vor ihr und begann zaghaft über die Einstiche in ihrer Haut zu streichen. Hielt den Tanz ihrer boxenden Arme und Beine nicht auf. Drückte die Kugel zurück in die Leiste. Ich wußte nicht, was geschehen würde, ich wußte nur, daß meine Schwester wieder schlafen, friedlich schlafen sollte.

An diesem Tag hatte meine Mutter frei. Nachmittags saß sie im Bademantel am Küchentisch, hatte eine Tasse Kaffee vor sich, in der Hand ein zerfleddertes Groschenheft aus dem Westen. Auf einen Blick erfaßte ich ihre sentimentale Stimmung, die so schnell umschlagen konnte. Sie hatte Tränen in den Augen, wie so oft; nah am Wasser gebaut nannte sie das. Sie legte das Heft auf den Tisch und sah zu mir hoch. »Deine Schwester war's«, sagte sie. »Du hast Glück gehabt.«

Ich versuchte ein Schulterzucken und starrte dabei auf einen Krümel in ihrem Mundwinkel, starrte so lange auf den Krümel, bis mir übel war vor Hoffnungslosigkeit.

»Kraul meinen Rücken«, sagte sie, ließ den Morgenmantel von ihren Schultern fallen, legte den Kopf auf die Arme. Sie atmete tief durch, und ich blieb hinter ihr stehen. »Wenigstens du bist mein braves Pferdchen«, sagte sie und entließ einen Seufzer, der zufrieden klang. Ich bemühte mich, geräuschlos zu atmen und nicht auf ihren großen weißen Rücken zu sehen, versuchte die Luft anzuhalten, meinen Kopf von allen Gedanken zu entleeren. Sie blickte kurz auf und sagte: »Nun mach schon, fang endlich an.« Ich rührte mich nicht und ließ meine Hände in der Luft verharren. Meine Mutter setzte sich auf, hob die Kaffeetasse, trank aber nicht, dann stellte sie die Kaffeetasse wieder ab und drehte sich um. »Was soll das?« sagte sie.

Ich versuchte den Gesichtsausdruck hinzubekommen, der meine Schwester immer so wütend machte, wenn wir uns stritten. Ich versuchte, ihn für sie hinzubekommen. Ich schürzte den rechten Winkel meiner Oberlippe und pfiff leicht durch die Zähne. Meine Mutter sah mich ungläubig an, sah mich an, als wüßte sie nicht, wer ich war. Sie betrachtete mich von Kopf bis Fuß, als müsse sie sich jede Einzelheit von mir einprägen. Ich hörte das Geräusch erst, als der Stuhl schon auf dem Boden lag, verzögert – ich hatte gerade daran gedacht, daß sie die gleiche Luft ein- und ausatmete wie ich. Sie hatte sich erhoben, den Stuhl mit dem Fuß weggestoßen. Ihr Atem lärmte durch das Zimmer, sie blieb dicht vor mir stehen. »Was geschieht hier? Bist du krank, oder was?« Ihre Stimme zitterte. Ich versuchte, an etwas Lustiges zu denken, aber mir fiel nichts ein, ich schürzte die Lippen und pfiff immer weiter. Ihr Fingernagel traf meine Wange, ein Kratzer, vielleicht auch ein Riß. Ich wußte, es würde nichts nützen, mit ihr zu reden. Die Schläge kamen schnell, trafen mein Gesicht, meinen Hals, den gesamten Körper, und ich wich ihnen nicht aus. Ich konzentrierte mich auf mein Pfeifen und hielt still. Ich spürte, wie sie mir büschelweise Haare aus der Kopfhaut riß. Sie durfte nicht aufhören, ich mußte sie in die Erschöpfung, in die Erschöpfung ohne Ende treiben, bis sie zu nichts mehr fähig war in dieser Nacht, außer zu ihrem eigenen Schlaf. Irgendwann konnte ich nicht mehr pfeifen, ich spuckte ihr ins Gesicht. Ich lag auf dem Boden, und kurz bevor ich die Schmerzen nicht mehr aushielt, versuchte ich in ihnen zu leben. *Ich war da, hier, auf dieser Welt,* das Gesicht meiner Mutter so nah über mir wie schon lange nicht mehr. Ich fühlte Tränen auf meiner Haut, und ich wußte nicht, ob es ihre oder meine waren. Ich empfing ihre Schläge in dem klebrigen Gefühl absoluter Hingabe. Der Schmerz weichte mich auf, und das war gut so, ich befand mich an einem Ort, wo ich mich für nichts mehr entscheiden mußte. Meine Poren atmeten die Kälte des Universums aus, die Kälte des Essigbaums, und ich dachte, etwas in mir dachte immer noch: *Ich liebe dich.*

Inhalt